DU MÊME AUTEUR

Romans

Aux Éditions Gallimard

CARESSE DE ROUGE. Prix François-Mauriac 2004 (« Folio », n° 4249).

KORSAKOV. Prix Roman France Télévisions 2004, prix des Libraires 2005 (« Folio », n° 4333).

Aux Éditions Stock

LES ÉPHÉMÈRES, 1994 (« Pocket », n° 4421).

CŒUR D'AFRIQUE, 1997. Prix Amerigo-Vespucci.

NORDESTE, 1999 (« Le Livre de Poche », n° 15108).

UN TERRITOIRE FRAGILE, 2000. Prix Europe 1, prix des Bibliothécaires (« Le Livre de Poche », n° 15295).

Chez d'autres éditeurs

ROCHELLE, *Fayard*, 1991 (« Folio », n° 4179).

Récits

JE PARS DEMAIN, 2001, *Stock*. Prix Louis-Nucera.

LA FRANCE VUE DU TOUR, avec Jacques Augendre, *Solar*, 2006. Prix Antoine-Blondin.

BAISERS DE CINÉMA

ÉRIC FOTTORINO

BAISERS
DE CINÉMA

roman

GALLIMARD

Pour Alexandra,
dite « Zouzou »

Le sens caché de ma vie aura été de fuir un père présent et de chercher sans fin une mère disparue.

OLIVIER ADAM
Falaises

Ce récit appartient au XXᵉ siècle.

En ce temps-là, pour qui voulait téléphoner dans la rue, il fallait quelques pièces de monnaie frappées en francs ou une carte à introduire dans l'appareil d'une cabine. On pouvait aussi choisir d'entrer dans un café et demander un jeton. En ce temps-là encore, c'est seulement par la poste, selon le bon vouloir du facteur, et en l'absence d'intempéries, qu'on recevait du courrier.

1

Mon père était photographe de plateau. Dans les années soixante, on le croisait aux studios de Boulogne en compagnie de jeunes gens qui s'exerçaient à vivre de leurs rêves. Il y avait là Nestor Kapoulos, Jean-Louis Huchet, Éric de Max, Mucir et bien sûr Gaby Noël, des noms connus des seuls amateurs de génériques. La caméra régnait alors en maître. Elle buvait tout du mouvement et mon père se faisait discret pour figer les artistes dans leur plus belle expression. Les meilleurs clichés paraissaient dans *Cinémonde*. La plupart finissaient placardés sur les murs du Grand Rex ou de l'Atrium, sous des protections de verre ou à même le regard des badauds qui parfois les volaient. Je crois que mon père avait l'œil. Il savait saisir une défaillance, une colère muette, la trace infime d'un incident de tournage sur un visage très pur. On aurait dit qu'il pressentait chez les comédiens leurs moments d'abandon, leur peur de n'être pas à la hauteur du film, du metteur en scène ou seulement de leur propre image.

Avant qu'il ne brûle dans un incendie, l'appartement

de mon père était rempli de ces magies instantanées. Un bâillement de Martine Carol, l'œil sombre de Françoise Dorléac, cet étrange désarroi sur les lèvres de Delphine Seyrig avant qu'une voix crie « moteur ». À ma connaissance, aucun de ces tirages ne fut jamais publié. Ils appartenaient au mystère comme les parures des anciens pharaons ou les étoles des sacristies. Mon père les prenait pour lui. J'ai envie de croire qu'il les prenait pour moi, surtout les actrices, en me laissant le soin de choisir.

Je ne sais rien de mes origines. Je suis né à Paris de mère inconnue et mon père photographiait les héroïnes. Peu avant sa mort, il me confia que je devais mon existence à un baiser de cinéma.

Mon père donnait peu de détails sur son métier. Il noircissait de minces carnets d'une écriture rapide, sans former aucune lettre, jetant à la diable quelques notes qui lui servaient sur d'autres tournages. Sa vie, c'était la lumière. Il ne pensait qu'à elle, et la nuit il en rêvait. Il lui arrivait de se lever le matin et de dire avant toute chose : « J'ai imaginé un gris naturel qui irait très bien pour la scène en mer. » Ensuite il m'embrassait sans un mot et je demeurais la journée entière dans le secret de ce gris sculpté par lui au milieu d'un songe.

2

Le refuge de mon père était un grand studio avec du parquet flottant, des murs blancs et nus, une large poutre crevassée en son milieu qui traversait le plafond. Une porte donnait sur une minuscule cuisine, une autre sur la salle d'eau. Par la fenêtre, on apercevait la Seine et les arches de Notre-Dame. Au-dessus du canapé-lit était cloué un crucifix avec son Jésus-triste, comme l'appelait mon père. Il avait passé là les derniers mois de sa vie, entre deux séjours à l'hôpital. « Je rentre dans ma tanière », m'annonçait-il au téléphone, quand il faussait compagnie à ses médecins pour regagner l'île Saint-Louis.

Mon père refusait que je lui rende visite à Villejuif. J'ai respecté ce souhait qui était peut-être une coquetterie. À force de photographier les comédiennes, d'éclairer leur bon profil et d'arranger ce qu'il appelait les visages difficiles, il avait dû penser qu'à son tour il était en droit de ne se montrer qu'à son avantage. La veille d'entamer ses séances de rayons, il s'était rendu au Studio Harcourt où il comptait nombre d'amis. Il s'était laissé tirer le portrait, un noir et blanc irréprochable dans une lumière douce. Il n'aurait pas fait mieux s'il s'était placé lui-même derrière l'objectif. « Le traitement va m'abîmer. Autant saisir une dernière fois la bête intacte », m'avait-il lancé comme en s'excusant, un jour que j'avais découvert un de ces tirages sur son bureau. Je m'étais abstenu d'y toucher. Il resta longtemps parmi toutes ces comédiennes que mon père semblait avoir créées.

Peu après sa disparition, j'étais allé chez lui un soir rue Budé, puis je m'étais posté à la fenêtre. Je voulais voir ce qu'il voyait quand la mort lui laissait une permission de sortie. Avec la nuit, le quai d'Orléans était bondé de Japonais, d'Américains en goguette, de ces familles très blondes que la Scandinavie envoie à Paris, au printemps. Plus tard s'étaient insinuées les silhouettes en perfecto des films de Melville, les solitaires, les loups de rencontre. Des bateaux-mouches remuaient l'eau de la Seine et projetaient sur les façades la lueur violente de leurs halogènes. J'entendais par bribes les commentaires enregistrés en plusieurs langues, « sur votre gauche l'île Saint-Louis », « a sinistra... ».

On ne se comprenait pas, mon père et moi. Je ne faisais pas beaucoup d'efforts. L'été de mes seize ans, j'avais trouvé un travail saisonnier dans un cinéma du Quartier latin. Il s'agissait de colorier en rouge vif les lèvres de Marilyn sur des dizaines de clichés anciens. Le gérant voulait afficher ces images dans tout l'arrondissement et même jusqu'aux Champs-Élysées pour annoncer la reprise de *Certains l'aiment chaud* dans sa petite salle de la rue des Écoles. Je revois l'expression désolée de mon père lorsque je lui avais dit à quoi j'occupais mes journées. Je croyais qu'il aurait été heureux que je travaille dans sa partie. Il m'aurait transmis son savoir et ses astuces, des choses apprises de l'existence qu'il m'aurait données l'air de rien, comme en contrebande, dans les coulisses de la vie. Mais que le fils de Jean Hector, le prince du noir et blanc, fût payé pour repeindre dans des tons criards les lèvres de Marilyn… Je n'avais pas mesuré l'étendue de ma provocation. Il fallut ce moment passé chez lui, au milieu de son œuvre silencieuse, pour que j'en prenne douloureusement conscience.

Ce soir-là, je m'étais assis devant le bureau et j'avais interrogé nombre de visages endormis dans le désordre du temps, éternelles demoiselles du grand écran : Jeanne Moreau, Emmanuelle Riva, Françoise Arnoul, Claire Maurier, Anna Karina, Brigitte Fossey, Claude Jade, Sandra Milo. Et les actrices à taches de rousseur, Marlène Jobert, Mireille Darc, Marthe Keller, Dany Carrel que mon père appelait Siam. Plusieurs photos de Françoise Dorléac étaient retenues par un élastique, avec écrit en bas à gauche, au crayon : « Framboise ». Certaines figures ne m'évoquaient absolument rien. Comme Haydée Politoff dont le nom était inscrit au dos avec celui d'Éric Rohmer. Était-ce sa coupe à la garçonne, un rien d'enfantin dans l'expression ? Je lui ressemblais un peu, seulement un peu, cela ne suffisait pas pour élire une mère. Et puis mon visage était si banal que j'aurais pu ressembler à n'importe qui.

Des paroles de mon père retentissaient en moi. Je l'entendais parler des femmes qui trichaient sur leur âge. C'était un casse-tête pour lui de se procurer des filtres assez puissants pour atténuer une lumière trop franche sur une peau flétrie. À son époque, les comédiennes ne connaissaient pas la chirurgie esthétique. Il devait accomplir des miracles avec l'éclairage des abat-jour qui adoucissaient, polissaient, mentaient par omission.

Un soir, croyant avoir capté mon attention, il m'avait confié ses trouvailles pour embellir les femmes de cinéma. Sans trahir son nom, il avait évoqué une vedette aux cheveux plantés très bas sur le front, dont la bouche et le menton paraissaient exagérément grossis. Mais, une fois ses sourcils ramenés à une simple ligne, ses traits retrouvaient un équilibre parfait. « Deux millimètres ont suffi, s'était-il écrié, tu te rends compte, deux petits millimètres ! » Des comédiennes acceptaient aussi de se faire arracher une ou deux molaires. Leurs joues accusaient alors une légère dépression qui piégeait la lumière. Selon mon père, un visage ne pouvait supporter un éclairage tombé du ciel. Une lumière méridienne creusait les cavités en ombrant les yeux. Il m'avait parlé des filles à marier des tropiques qui ne consentent à sortir qu'au soir, lorsque l'intensité affaiblie du jour corrige leurs disgrâces. Il lui arrivait de séduire des créatures dans les night-clubs ou à la lueur des lampes. Mais il réservait son jugement au lendemain, lorsqu'il donnait ses rendez-vous au Flore en l'Île, le dernier lieu où je l'ai vu vivant. Mon père s'installait à la table du fond, près de la grande baie vitrée. Le soleil marquait midi et les visages parlaient sans fard. La plupart du temps, ses conquêtes de la nuit étaient recalées dans la lumière absolue de l'île Saint-Louis. C'est pourquoi il n'aimait que la compagnie des jeunes femmes. C'est pourquoi il en changeait souvent. La dernière année il était resté seul, entouré de photos hors du temps qui avaient fini par mentir et voisinaient avec son portrait du Studio Harcourt en vieux petit garçon.

3

Je suis habitué aux déménagements, aux appartements qui finissent en cartons, aux chambres vidées à la hâte. Enfant, j'ai écumé toutes les pensions de la côte pour gosses de riches. Royan. La Rochelle. Les Sables-d'Olonne. Mon père n'avait aucune attache. Pas de famille, pas de vieille tante, pas de cousins encombrants avec qui partager de mauvais souvenirs. Il s'arrangeait pour traverser l'existence sans témoin, comme si sa vie avait été un crime parfait.

Je n'avais pas imaginé que je devrais un jour m'occuper de ses intérêts, lui qui m'avait tenu éloigné de tout et d'abord de la grande affaire de ma naissance. J'étais passé de main en main, sans poser de questions. Par bribes, j'avais appris le minimum. Qu'il avait décoré des vitrines sur les Grands Boulevards. Qu'il avait travaillé comme garçon de cage dans un cirque de la banlieue parisienne. Un soir que nous marchions le long des grilles du Jardin des Plantes, il s'était brusquement arrêté sur le trottoir en me serrant la main très fort. Je devais avoir neuf ou dix ans. Il avait humé l'air puis avait lancé, les yeux mi-clos : « Ça sent le lion ! » Il prétendait connaître le lion Marcel qui cohabitait alors avec un couple d'autruches et un hibou nicheur. Il l'avait nourri autrefois, du temps où, jeune fauve, Marcel passait au milieu d'un cercle enflammé. Je ne sais pas s'il s'agissait d'une histoire pour me faire rêver. Il était trop tard, ce soir-là, pour pénétrer dans le Jardin des Plantes. Mais chaque fois qu'au cinéma ou à la télévision j'entends rugir le lion de la Metro-Goldwyn-Mayer, c'est à mon père que je pense.

Au fil des années, Jean Hector avait abandonné la photographie de plateau pour devenir chef lumière, même s'il lui arrivait encore de ressortir son Leica afin de conserver un visage qui le touchait. « Ne me demandez pas d'éclairer un drame avec des tons de comédie. La lumière doit être juste », disait-il à ses amis réalisateurs. Il se voulait maître de la lumière. Vers la fin, ses proches l'appelaient tout simplement « maître ». Je me suis souvent demandé ce qu'il entendait par « lumière juste ».

Son luxe, quand il gagna bien sa vie, fut de disposer d'un chauffeur. Il fixait ses rendez-vous à l'arrière d'une Rover à l'intérieur acajou. Sitôt son invité à bord, il donnait l'ordre de rouler. Paris défilait sous ses yeux dans un spectacle sans fin. La pluie sur les toits des immeubles haussmanniens. Les enseignes au néon des grands magasins. Les ultimes reflets du soleil sur la Seine, devant le pont des Arts. Chaque quartier réveillait en lui un souvenir de tournage, l'installation de réflecteurs, la recherche minutieuse des réverbères les plus puissants pour tourner les scènes nocturnes. La nuit avait occupé une bonne partie de sa vie, l'éclairage de la nuit. Il prétendait qu'au cinéma la nuit n'existait pas. Le spectateur devait voir les images avec l'acuité d'un chat. Mais mon père détestait les nuits toujours bleues des films français. Il disait que les réalisateurs manquaient d'imagination. Lui avait inventé une lumière au sodium qui plongeait l'obscurité dans un bain orange. C'était ainsi qu'il voyait la nuit. Lumineuse et sanguine.

Lorsque, enfant, il m'extirpait d'une de mes nombreuses pensions pour m'offrir un week-end entre hommes, nous dormions ensemble toutes lampes allumées dans des chambres d'hôtel inconnues. Il conservait de ses années à l'Assistance une sacrée peur du noir. Dans ce déluge de lumière, j'avais du mal à m'endormir. Mon père avait fini par me donner un de ces loups de coton qu'on distribue aux voyageurs avec un nécessaire de toilette dans les avions long-courriers. Un loup bleu de la compagnie Iberia que je conserve depuis toutes ces années.

S'il apercevait un chien divaguant dans les rues, il demandait à son chauffeur de stopper séance tenante. Le bonhomme se garait comme il pouvait sans manifester la moindre humeur, habitué aux fantaisies de son passager. Puis mon père disparaissait à la poursuite du cabot. C'était une obsession qui lui venait aussi de l'enfance : savoir où vont les chiens qui passent. Il pouvait les suivre des heures sans se lasser, négligeant ses obligations et la terre entière. Il racontait souvent ses débuts avec Jacques Tati sur le tournage de *Mon oncle*. Le scénario prévoyait l'apparition d'un chien à l'air triste. Mon père s'était mis à sillonner Paris pour trouver l'animal. Aux gamins qui jouaient dans les squares, il demandait s'ils ne connaissaient pas un chien triste, et ils tendaient chaque fois leurs petites mains vers un bâtard, un ratier, un griffon errant.

Quand je pense à nos dernières rencontres, je me souviens d'un ronronnement de moteur, comme si nous avions pris place ensemble dans le ventre d'une caméra. L'auto roulait doucement. Mon père parlait sans cesse. Il était impossible de l'arrêter. Voulait-il piéger la mort en la saoulant de mots ? Je revois une de ces balades sur les quais, un matin très tôt en été. L'air frais entrait dans l'habitacle. Il l'avalait à grandes lampées pour mieux se lancer dans de longues phrases à l'issue incertaine. Mon père s'interdisait de raconter deux fois la même histoire. C'était pour lui une question de politesse : ne pas servir aux autres un récit déjà usé. Transformant la réalité selon ses hôtes de la banquette arrière, il fit ainsi du mensonge un art suprême, une manière de respirer, d'exister encore un peu, de se sauver.

4

Maintenant je suis seul et, bizarrement, cela me rend heureux. Ma vie est peuplée d'êtres manquants, ma mère depuis toujours et mon père désormais. Et aussi Mayliss. En cet instant, je pense à mon père. Sa perte remonte à presque deux ans — mais dois-je parler de perte ? — alors que je respire encore le parfum de Mayliss à l'extrémité de mes doigts.

Je suis installé au Flore en l'Île, à la place qu'occupait mon père, avant. C'est le matin. J'ai commandé un café et un jus de pamplemousse. Les gens s'agitent autour de moi. Je ne suis pas pressé. À croire que je suis destiné à vivre les événements à rebours de ce qu'ils sont dans la vie, comme les roues des voitures, au cinéma, qui donnent l'impression de tourner à l'envers. Mon père avait promis de m'expliquer cette illusion d'optique. Il a oublié. J'ai grandi et il est mort sans me donner d'explications, ni sur ma mère ni sur personne, ni sur les belles autos de cinéma.

Les vacances judiciaires s'achèvent. Je vais bientôt reprendre le chemin du Palais, à nouveau sentir l'odeur des chambres d'audience, entendre le parquet craquer quand j'approche de la barre et que le juge imprime mon nom dans l'air saturé du prétoire : « Maître Hector, c'est à vous ! » Je suis à mon aise au milieu de ce théâtre. Je sais tenir un jury en haleine, moduler ma voix, jouer des silences et de la musique du verbe comme un charmeur de serpent ou un chanteur de blues. J'ai derrière moi sept années de barreau, des dizaines de plaidoiries sans aucune perpétuité, rien que des remises de peine. Très jeune, j'ai trouvé ma vocation : défendre. Un vieux de la vieille m'a repéré lors d'un concours d'éloquence, j'avais planché sur la tromperie, qu'on nomme « dol » en droit. Le cabinet Walsberg m'a ouvert grands les bras, et d'abord son patron Léon Walsberg, haut de taille comme mon père, même âge, même casque de cheveux blancs venus dès la trentaine, cheveux longs et soyeux ramenés en arrière les jours de procès, crinière de lion Marcel.

J'aurais peine à démêler les raisons qui m'ont amené au barreau. Dans mon habit tout de noir et de blanc, j'incarne les passions de Jean Hector qui fut si peu mon père. Mais je renâcle à reconnaître l'évidence. Je me débats, j'argumente. Je donne à mes mains des fulgurances d'oiseaux. J'aime la justice en ce qu'elle est précisément le contraire du noir tout noir et du blanc tout blanc. La cour d'assises est aussi le dernier endroit où faire entrer l'objectif d'un photographe. Jamais Jean Hector n'aurait pu me voler mon image. Ici je suis Gilles Hector, maître Hector, seul maître à bord après Dieu et le code pénal. Sans doute suis-je très fier qu'on me donne du « maître Hector », moi qui n'ai jamais de ma vie attiré la lumière, pas plus vers mon propre visage que vers celui d'une inconnue qui, certains soirs, sur des écrans hors d'âge, joue le rôle de ma mère. C'est seulement dans l'enceinte de la cour que je brille. Après l'audience, je m'arrange pour filer par une porte dérobée. Rares sont les photos qui ont paru de moi dans la presse, même dans les affaires retentissantes où j'ai plaidé. Après tout, nous avions choisi le même métier, mon père et moi. Lui élucidait les visages avec ses lampes, pendant que je faisais la lumière avec des mots.

Tout à l'heure, j'ai évité la rue où il vivait, et aussi le pont Marie d'où il m'avait demandé de disperser ses cendres. Son studio n'est plus qu'un grand trou noir comme une dent cariée sur une façade blanche. Ils ont monté un échafaudage pour le ravalement. Cela prendra encore des semaines avant de ne plus y voir que du feu, si je puis dire. Mais il me suffit de fermer les yeux dans la douceur du Flore en l'Île pour entendre mon père. Une fois qu'il se laissait aller à évoquer son métier, il m'avait confié qu'il palliait les faiblesses du soleil déclinant avec un soleil artificiel. Il n'aimait guère cette technique et ne l'utilisait qu'en dernière extrémité. S'il ne calculait pas bien son coup, ajoutait-il d'un air grave, les soleils se faisaient de l'ombre. À l'instant m'est venue la vision de soleils lointains et concurrents. Ma mère, mon père, Mayliss. Ma mère sans visage et mon père malade. Mayliss dont les traits se confondent déjà avec ceux d'une poupée de porcelaine qui nous surveillait, quand nous faisions l'amour sur le canapé de son salon, au Kremlin-Bicêtre, pendant que son mari laissait sur le répondeur des soupirs comme des plaintes.

Lorsque mon père m'emmenait au Flore en l'Île, je surprenais pendant qu'il me parlait son regard fuyant vers l'entrée. C'était difficile de poursuivre notre conversation. Son œil m'effaçait, me survolait. Un sourire se dessinait sur ses lèvres, qui ne m'était pas destiné. Il saluait d'une main une silhouette dont ne restait plus, si je tournais la tête, que le vent parfumé transmis par le tambour de la porte. Il arrivait qu'une femme vienne s'asseoir avec nous. D'un mot il me présentait, « mon fils », en se gardant de me dire qui était la proie du jour.

Aujourd'hui je me suis placé comme lui, le dos au miroir du fond, l'œil grand ouvert, épiant parmi les clientes un regard adressé à Jean Hector mais que j'aurais cueilli comme on chaparde une pomme dans un verger. Trois jeunes gens aux allures d'étudiants se sont assis à la table voisine. Deux garçons et une fille en cheveux. Ils ont commandé des salades. L'un d'eux a sorti de sa poche un jeu de cartes au dos luisant. « Si on jouait au huit américain ? » a proposé la fille.

Mon seul héritage paternel est d'être sensible à l'éclairage. Lorsque je me rappelle un événement de ma vie, ce n'est pas un visage ni une intonation de voix qui reviennent à mon esprit. Ma mémoire est une pellicule en clair-obscur. Dans mon enfance, mon père racontait parfois à ses amis comment il s'y prenait pour donner l'impression de la nuit en plein jour. Je l'entends encore parler de ce qu'il appelait la « nuit américaine ». Il aimait aussi l'évoquer en italien pour le seul plaisir de détacher chaque syllabe en disant : « *effetto notte* ». Ces mots me reviennent pendant que la fille distribue les cartes. Je voudrais lui demander en quoi consiste ce huit américain qui ramène soudain comme un malentendu la présence de mon père. Je pense aussi à Mayliss, à son visage de phosphore, à la douceur de sa voix, de sa peau, de sa nuque tiède que j'embrassais en écartant dans son cou ses longs cheveux ocellés de mèches auburn. Je pense à elle sans émotion ni tristesse, comme on sourit à un souvenir qui passe.

5

J'avais rencontré Mayliss De Carlo le jour du décès de mon père, au cinéma Les Trois Luxembourg. Il était mort un matin à l'aube, comme s'il avait préféré la fraîcheur du ciel au ronron de la Rover. Au lieu de rejoindre la morgue de l'hôpital, j'étais resté chez moi avant de sortir marcher au hasard des rues. Vers midi, je m'étais engouffré dans ce cinéma de la rue Monsieur-le-Prince. Puisque j'étais le seul spectateur, le caissier m'avait permis de choisir mon film parmi les galettes de métal empilées dans la cabine du projectionniste. Le programme annonçait *Ma nuit chez Maud*. J'avais préféré *Les Amants* de Louis Malle pour rêver devant Jeanne Moreau, convaincu pourtant qu'elle ne pouvait être ma mère.

Je m'étais assis dans les premiers rangs. Quelques minutes après le début du film, il me sembla sentir une présence dans mon dos. Me retournant, je ne distinguai qu'une mince silhouette surmontée d'une masse de cheveux. La salle était obscure mais le visage irradiait d'un éclat surnaturel. Lorsque les variateurs, à la fin du film, apportèrent un peu de clarté dans la salle, je fus saisi par les ultimes paroles de mon père. Il avait évoqué ces héroïnes qu'il est inutile d'éclairer puisque l'éclat vient d'elles, comme sur les tableaux de Rembrandt. Cette femme derrière moi incarnait la lumière. Elle était sa source et sa destination. Mon père l'avait-il chargée de m'éblouir ?

On ne se parla pas. Elle descendit la rue Monsieur-le-Prince. Je la suivis sans la suivre et m'arrêtai au restaurant Les Banquettes rouges. Avant de partir à la morgue, je voulais manger un plat qui tiendrait au ventre. Une serveuse m'installa à une table du fond. À ce moment une voix jaillit :

— Gilles Hector !

Je reconnus Borel, un ancien de la Faculté de droit. Il insista pour que je le rejoigne. Aussitôt il évoqua ces souvenirs anodins qui prennent de la valeur avec le temps, comme les vins millésimés ou les séries de timbres sur les expéditions polaires. Nous avions passé de bons moments ensemble, autrefois, à bûcher notre droit, à parler d'avenir et de filles. Puis nous nous étions éloignés. Il m'apprit qu'il était devenu un expert estimé en art impérial chinois. Je le félicitai mais la conversation tourna court. C'est alors qu'elle entra. Je n'avais pas eu le temps de la détailler, aux Trois Luxembourg. Elle portait une jupe ballon et des souliers en daim, un chemisier de coton fermé au ras du cou. Le tout caché par un manteau de peluche bien trop épais pour la saison. Je lui fis signe d'approcher. Borel crut que nous nous connaissions et lui céda sa place. Une vente l'attendait à Drouot. « Des chevaux en terre cuite de la période Ming, très rares », me glissa-t-il en partant.

La jeune femme commanda un thé brûlant et moi une carafe d'eau avec beaucoup de glaçons. Je remarquai au bout de ses doigts un très léger tremblement. Nous restâmes plusieurs minutes sans parler. Chacun semblait compter sur l'autre pour commencer. On entendait le craquement des glaçons dans la carafe. Enfin elle se lança, si faiblement que je dus avancer sur le bord de ma chaise pour saisir ses paroles. Elle porta une main à son cou, comme pour soutenir sa voix. Elle avait peint sa bouche en rose. Sa lèvre inférieure était enflée par un bouton de fièvre qu'elle avait dû s'efforcer de dissimuler. Son maquillage trahissait une préparation en catastrophe. De légères traces blanches marquaient ses joues et le haut de son front. Il émanait de son visage une beauté triste, un rien de perdu. Elle était très belle et très blessée. Ce jour-là, je ne vis que les blessures.

Elle m'avoua qu'elle n'avait pas l'habitude de s'asseoir ainsi à la table d'un inconnu. Je lui demandai si elle venait souvent à la séance de midi. « Pas souvent », répondit-elle. Puis de sa voix presque inaudible elle précisa : « Je suis interprète remplaçante à l'Unesco. On m'appelle quand il y a besoin de renfort pour les traductions de l'arabe en français. C'est ma pause. Je reprends en fin d'après-midi. » Elle me donna son prénom en prenant soin de préciser : « Mayliss, avec un y. » Puis elle se tut. J'aurais aimé en apprendre davantage : pourquoi l'arabe ? Que faisait-elle de sa vie quand elle ne travaillait pas pour l'Unesco ? Aimait-elle les films de la Nouvelle Vague ou était-ce par hasard, à cause de la pluie, qu'elle était entrée aux Trois Luxembourg ? Je sentis son parfum sur moi. Le temps filait. J'avais oublié mon père à la morgue de l'hôpital. Au bout d'un moment, elle se leva d'un geste brusque. C'était à peine si j'avais pu lui glisser mon numéro de téléphone chez Walsberg. Quelques minutes plus tard, je me retrouvai à mon tour dans la rue, inspirant profondément l'air de Paris comme le faisait mon père. J'éprouvai le besoin de marcher. L'esprit vide, je pris la direction des quais. Mayliss avait disparu dans la foule de Saint-Michel. Ma peur de la perdre naquit à cet instant.

6

On se revit quelques jours plus tard, dans mon bureau de la rue Saint-André-des-Arts. Elle passait dans le quartier, m'avait-elle dit en appelant d'une cabine téléphonique. J'eus quelque peine à la reconnaître. Elle avait abandonné sa jupe ballon pour un long fourreau de jersey beige. Malgré le soleil radieux, elle portait son gros manteau de peluche. Il était déjà midi mais elle donnait l'impression de tout juste se réveiller. Des traînées blanches couraient encore sur son visage, accentuant sa pâleur. La pensée me traversa qu'elle n'avait pas de sang. Je lui trouvai la même voix diaphane. Avait-elle prévu de déjeuner quelque part ? Elle n'avait rien prévu.

Nous remontâmes la rue Saint-André-des-Arts. Je réalisai qu'elle me dépassait de plusieurs centimètres. Elle portait un chapeau de toile comme Mia Farrow dans *La Rose pourpre du Caire*, et je me demandai si, comme l'héroïne du film, elle rêvait de changer de vie. Je lui fis remarquer cette ressemblance. Elle rit d'un rire contraint. Avec une main elle couvrit rapidement sa bouche. Une femme qui marchait en sens inverse la bouscula par mégarde. Elle m'avoua qu'elle était très myope et qu'elle voyait toujours les gens flous. Nous étions à hauteur de la Librairie Simone Thomas. Soudain son expression s'anima. Sa main fureta dans les casiers sur tréteaux disposés le long du trottoir. Puis elle entra à l'intérieur. Elle semblait m'avoir oublié.

Les étagères grimpaient jusqu'au plafond, accessibles par de raides escabeaux. Devant les rangées de livres sagement alignés, le visage de Mayliss avait perdu de sa gravité. Il n'y avait plus dans son regard cette pointe d'inquiétude que j'avais surprise en évoquant son faux air de Mia Farrow. Je vis son ravissement à l'instant où elle dénicha un recueil des poésies complètes d'Henrik Ibsen. Son bouton de fièvre avait disparu. Sa lèvre inférieure conservait toutefois un léger renflement. Elle avait aussi repéré un livre relié en demi-chagrin, très haut sur une étagère. Je proposai d'aller le chercher, mais elle avait déjà agrippé l'escabeau en poussant de petits cris de joie. Avec sa jupe de fil épais, c'était à peine si l'on pouvait entrevoir l'amorce de ses chevilles.

Je l'aidai à descendre. Le bout de ses doigts était froid. La pensée me traversa de nouveau qu'elle n'avait pas de sang. Elle tenait dans sa main une édition de *Salammbô* à la couverture craquelée. Elle se dirigea vers la caisse et sortit son chéquier d'une poche de son manteau. Elle écrivit à l'encre violette. Mayliss s'appelait Mme De Carlo, mais il me sembla qu'elle avait paraphé d'un autre nom. Je ne savais pas que certaines femmes mariées s'obstinent à signer de leur nom de jeune fille. Elle habitait au Kremlin-Bicêtre. J'aurais plutôt parié pour le XVIIᵉ arrondissement ou les quartiers calmes d'Auteuil. Dehors, les passants avaient envahi la chaussée. Je demandai à Mayliss si elle venait souvent ici.

— Oui, les vieux livres me protègent, répondit-elle vivement.

Je ne sus pas de quoi.

C'est elle qui me guida dans le passage pavé de la cour Saint-André, derrière la rue de l'Ancienne-Comédie. Elle poussa la porte d'un salon de thé en face du Procope. Elle paraissait y avoir ses habitudes. Je la suivis au premier où une dame d'un certain âge prit nos vêtements. Mayliss conserva son sac à main et un mouchoir roulé dans sa paume. Une grande douceur régnait autour des petites tables rondes éclairées par des lampes champignons aux abat-jour mauves et vert pâle. J'avais envie de dormir. Le dossier d'un jeune criminel m'avait tenu en éveil une partie de la nuit. Et je ne pouvais détacher mon esprit de mon père mort, de mon père en cendres qui voltigeait quelque part au-dessus de la Seine.

— Tu devrais manger, me pressa Mayliss, ils servent toutes sortes de salades et de la quiche chaude.

J'aurais aimé qu'elle lise le menu doucement jusqu'à la page des thés pour le plaisir d'entendre cette voix enfantine qui détachait bien les syllabes pour prononcer les noms, souchong, ou ylang-ylang, ou bergamote. C'était une voix comme on n'en rencontrait pas dans la vie, qui se frayait un chemin incertain parmi les simples êtres de chair dont j'étais, peut-être une voix d'avant la naissance du monde, quand il n'existait que la musique du vent dans les arbres. Je réalisai qu'elle m'avait tutoyé.

Elle choisit un gratin d'aubergines et moi la quiche, puis une part de gâteau au chocolat, celui qui brillait sur un plateau d'argent, à l'entrée du salon. Sa montre avançait de trois quarts d'heure.

— C'est pour éviter d'être trop en retard, dit-elle avec sérieux. Je ne réussis pas vraiment.

Comme je souriais, elle ajouta :

— Je vais toujours aux rendez-vous à reculons.

Nous étions assis l'un en face de l'autre. La lampe éclairait son visage. Elle était maintenant très détendue, presque enjouée. Seules flottaient ces étranges traînées blanches. S'agissait-il de talc, ou de crème, ou d'un produit inconnu qu'elle étalait sur sa peau pour la protéger ? Par contraste, elle avait donné à ses cheveux une teinte très noire. Je spéculais sur leur couleur naturelle. Ce jour-là, ils étaient tirés en arrière, dans un mouvement strict dénué de fantaisie.

Mayliss sortit de son sac le livre de Flaubert et me le tendit.

— Il est pour toi.

Je le pris sans un mot. Je n'ai jamais su quoi dire quand on m'offre un cadeau. J'insistai pour qu'elle vienne me voir la prochaine fois qu'elle passerait à la Librairie Simone Thomas. Son visage se referma. Elle ne répondit pas. Le blanc de ses yeux était parcouru de minuscules vaisseaux grenat. La conversation s'éteignait.

Je lui demandai si elle travaillait beaucoup sur ses traductions.

— Oui, surtout la nuit. Le jour, je m'occupe des autres. De mon mari.

— Tu es mariée ?

— Je suis très mariée, lança-t-elle en baissant les yeux. Nous avons un petit garçon, Albin. Il a neuf ans. Je joue aussi du piano.

— La nuit ?

— Nous habitons une petite maison isolée dans la cour d'un immeuble, au Kremlin. Les voisins n'entendent rien.

— Et chez toi ?

— Ils ont l'habitude. Je mets la sourdine.

Soudain elle se leva. Elle décréta qu'elle était en retard. C'était sûrement vrai. Elle n'avait presque pas touché à son plat. Je n'avais ni son adresse ni son numéro de téléphone. Elle les nota sur une feuille de mon répertoire. À l'encre violette. Sa plume formait des lettres hautes et fines comme la calligraphie d'une très vieille civilisation. En s'éloignant, elle m'adressa un signe de la main. Son visage avait repris le masque blême du matin. Une étrange dureté ou bien la trace d'une frayeur contenue. Je me demandai comment mon père s'y serait pris pour saisir son expression sans la laisser faner.

Je restai seul à la table ronde avec le pressentiment que cette solitude deviendrait une fidèle compagne chaque fois qu'il serait question de Mayliss, d'attendre Mayliss, de la laisser partir, d'espérer qu'elle revienne, avec sa petite voix, ses yeux agrandis, sa lèvre au léger renflement, sans parler de son corps que je devinais seulement, dissimulé sous sa longue jupe de jersey. On me servit une belle part de gâteau au chocolat dont le dessus miroitait, mais je n'avais plus faim. J'entendais le tintement des cuillers d'argent contre les soucoupes, les conversations chuchotées dans ce havre hors du temps où Mayliss retrouvait des couleurs.

Je ne comprenais pas ses blessures muettes, ni son adresse du Kremlin — j'imaginais la place Rouge et une bordée de généraux transis —, ni sa famille, ni même son maquillage d'enfant maladroit. Elle m'apparaissait tel un continent de solitude dont rien ne pourrait freiner la dérive. Il n'était pas question d'amour. C'était plus grave encore. Mayliss inspirait l'envie d'aimer et la mort qui vient parfois avec cette envie.

Je pris le livre posé devant moi. La tranche sentait Mayliss, le parfum de Mayliss. Cette découverte me bouleversa. Plusieurs fois dans l'après-midi, au bureau, je m'emparai de *Salammbô* d'une main que j'aurais voulu moins fébrile, craignant que la trace laissée par Mayliss ne se fût dissipée.

7

Les jours suivants, je me surpris à regarder à travers la vitrine de la Librairie Simone Thomas, cherchant si je ne voyais pas la silhouette de Mayliss accrochée à l'escabeau. À cette époque déjà, j'habitais un appartement du quartier Montparnasse, impasse de l'Astrolabe. J'étais entouré de livres et de quelques souvenirs d'une existence ancienne, des photos d'une femme qui m'avait quitté après sept ans d'un mariage heureux, un de ces mariages qui finissent sans véritable raison, qui finissent pourtant.

Des passantes traversaient parfois ma solitude, des femmes pressées, toujours entre deux trains, entre deux hommes, entre deux âges aussi, des très jeunes, des presque vieilles. J'étais une aire de repos, l'ombre qui suit la lumière, ou qui la précède. Mais je n'étais pas la lumière. Cette situation me convenait. Je pouvais rêver, juste rêver, ce luxe qu'on offre aux enfants avant de les en priver à peine ils ont grandi.

Plusieurs fois par semaine, j'échappais aux déjeuners professionnels. Je me rendais rue Monsieur-le-Prince à la séance de midi des Trois Luxembourg. Dès onze heures, je m'arrangeais pour ne plus répondre au téléphone. Le film commençait à midi pile. Pendant un mois, outre *Ma nuit chez Maud*, on donna en alternance deux longs métrages de François Truffaut, *Les Quatre Cents Coups* et *Jules et Jim*, d'après le roman d'Henri-Pierre Roché. Lorsque je fis la connaissance de Mayliss, j'avais déjà vu ces films souvent. J'avais rendez-vous avec une comédienne mais j'ignorais laquelle. Je n'étais même pas sûr qu'elle jouait. Je ne connaissais ni son nom ni son visage. J'avais seulement l'intuition qu'elle pouvait être ma mère, n'importe laquelle de préférence. Je la cherchais sans être certain de vouloir la trouver.

Un jour, un jeune couple s'installa devant moi. La salle baignait dans l'obscurité. Je ne distinguais que leur voix. « Je t'interdis de penser, ordonna le garçon. Tu élèveras les enfants, tu sortiras le chien et tu distrairas les invités. » La fille répondit : « Quels enfants ? Quel chien ? » La projection commença. Je me moquais de Jules et autant de Jim, qu'il fallait prononcer « Djim » comme s'il y avait eu un « d » devant. Seule Kate m'intéressait. « Elle se jette aux hommes comme elle se jette à l'eau », murmurait une voix *off*. Il s'agissait de Jeanne Moreau mais chaque fois que j'entendis cette phrase après avoir connu Mayliss, c'est elle que je vis tomber dans la Seine, c'est pour elle que je tremblai.

Je songeai qu'il existait peut-être un exemplaire du roman de Roché à la Librairie Simone Thomas. J'y passai un après-midi au retour d'une séance, avec l'espoir d'y trouver aussi Mayliss. Elle n'était pas là. Le livre non plus. Au bureau, un message m'attendait. Elle avait appelé. Ma poitrine se serra quand je composai son numéro. Un répondeur était branché. La voix de son mari. J'attendis le signal sonore puis je raccrochai.

Léon Walsberg m'avait demandé de passer dans son bureau. C'était un homme chaleureux, grand et rond, avec sa masse de cheveux blancs qu'il portait longs sur la nuque. Pendant la guerre, il était resté deux ans sans voir la lumière du jour, caché avec ses parents dans une cave des Batignolles. Il en avait gardé le goût des livres et des mots qui permettent de s'évader. Il avait alors une dizaine d'années et s'était juré de devenir plus tard un grand écrivain comme Alexandre Dumas, dont sa mère lui lisait des volumes entiers, à la lueur d'une bougie ou par la trouée du soupirail qui tenait lieu de fenêtre dans leur vie recluse. Finalement, son goût de la justice l'avait emporté. Léon Walsberg était devenu une des figures du barreau parisien des années soixante, au moment où mon père accrochait ses lumières dans les ciels de Paris. Léon Walsberg s'amusait parfois de ce mot « barreau », si impropre à désigner un métier voué aux libertés. Quelques écrits de jeunesse l'avaient persuadé qu'il ne deviendrait jamais Alexandre Dumas. Il s'était consolé en sauvant plusieurs fois la tête de ses clients, dans un temps où la guillotine n'avait pas dit son dernier mot.

Mais sa passion des livres était demeurée intacte. Avec quelques confrères du Palais, Léon avait fondé une petite maison d'édition dont les locaux se situaient près du cabinet, rue Grégoire-de-Tours. Fortement marqué par Dumas mais aussi par les exploits d'anciens héros de la coupe Davis, il avait baptisé sa maison « *Le Mousquetaire* ». Au début, Léon et ses associés avaient privilégié les publications militantes dénonçant les atteintes aux libertés individuelles. Le régime giscardien finissait. Les auteurs publiés au *Mousquetaire*, des avocats de gauche et même certains magistrats signant sous pseudonyme, fustigeaient la Cour de sûreté de l'État, les violences faites aux militants basques ou bretons, les quartiers de haute sécurité.

Avec les années, et après la vague rose de 1981, la petite maison s'était orientée vers des livres pédagogiques sur l'évolution de la procédure pénale ou du droit des victimes, espérant ainsi dépoussiérer les vieux Dalloz et les manuels jargonnants des éditeurs spécialisés. Insensiblement, Léon Walsberg avait inscrit au catalogue des textes plus personnels, récits de voyages de collègues à la plume fleurie, livres de témoignages ou de mémoires. Cédant aux pressions de ses proches, il avait même fini par publier un pamphlet politique plein d'esprit, à son image d'homme généreux en tout. Son bref opus s'appelait *Les dinosaures ont la peau tendre*. Il me l'avait offert peu après mon divorce d'avec Solange. «Vous verrez ce que ça vaut, m'avait-il soufflé modestement. Mais je crois que l'histoire de vos parents serait bien plus passionnante, surtout si vous la romanciez.» Je m'étais laissé aller aux confidences, le jour où Solange m'avait annoncé son intention de divorcer. Lasse de mes absences répétées, des procès interminables, lasse aussi de mes atermoiements quand elle me demandait « Quand aurons-nous un enfant ? », elle m'avait quitté pour un Africain fertile et large d'épaules.

Ce jour-là, je lui avais dit mon incapacité à retenir les femmes. À commencer par ma mère qui faisait l'artiste sur de vieilles pellicules. On avait évoqué ensemble l'idée d'un livre dont nous savions l'un et l'autre que je ne l'écrirais jamais. Cette éventualité toujours repoussée avait établi entre nous une complicité dont je ne cherchais guère les ressorts enfouis. Disons que j'aurais pu l'aimer comme mon père. J'étais prêt à l'aimer, ou près de l'aimer, je ne sais plus, je ne suis pas très fort dans les locutions qui précèdent le verbe « aimer ».

Le bureau de Léon Walsberg était plongé dans une demi-obscurité. Une femme installée dans un fauteuil lui faisait face. Il me la présenta comme la mère d'un jeune homme que la presse madrilène avait appelé, bien des années auparavant, « l'apatride de Teruel ». Il avait été exécuté pendant l'agonie du généralissime Franco. Le conseil de guerre de Tarragone l'avait condamné à mort pour le meurtre supposé d'un officier de la Guardia civil. La justice n'avait pas prouvé que son fils fût l'assassin, mais en ce temps-là il n'existait pas de justice en Espagne. Cette femme, Inès Arroyo, s'exprimait avec un accent indéfinissable, à la fois rauque et chantant. Elle avait connu enfant les camps nazis, puis les camps russes. Sa famille s'était retrouvée en Catalogne « jusqu'à l'exécution du petit ». Son nom ne me rappelait rien. Quand elle hésitait dans son récit, Léon l'encourageait à poursuivre. Il s'appliquait à prendre des notes au dos d'une grande enveloppe blanche. Je supposais qu'il voulait obtenir une réhabilitation posthume du jeune homme exécuté.

— Je n'ai pas pu lui éviter le garrot, dit soudain la femme.

Elle décrivit le collier de fer serré au cou de son fils, la vis broyant les vertèbres, la tête qui s'affaisse comme celle d'un oiseau mort.

— Il paraît qu'il n'a pas souffert.

Léon avait cessé d'écrire. Elle ne disait plus rien. Tous les deux s'étaient tournés vers moi. Mon patron attendait une réaction de ma part. Quant à elle, je ne sais pas ce qu'elle attendait, mais son regard était pressant. Je n'étais plus là. Malgré l'odeur des cigarettes qu'elle fumait avec fièvre, j'avais reconnu le parfum qui émanait de cette femme au visage défait, le parfum de Mayliss sur la tranche de *Salammbô*.

— Alors ? demanda Léon.

Incapable d'articuler un seul mot, j'avais laissé le silence nous engourdir. Puis, n'y tenant plus, j'avais fini par demander à cette mère brisée quel était le nom de son parfum. Elle fut si surprise qu'elle répondit du tac au tac « Jardins de Bagatelle ». Léon me considéra plein d'effroi. Je répétai : « Jardins de Bagatelle, Jardins de Bagatelle », et ces mots frappèrent ma conscience comme la petite mélodie de Vinteuil au cœur de Swann.

8

Mayliss me téléphona le lendemain matin vers neuf heures. Sa voix était lointaine et très faible. Elle donnait l'impression d'avoir couru.

Je lui demandai si elle allait bien.

— Je suis fatiguée, c'est toujours comme ça le matin.

Il pleuvait à verse sur Paris. Nous étions jeudi. Aux Trois Luxembourg, on donnait *Jules et Jim*. Elle m'avoua qu'elle n'aimait pas beaucoup Truffaut, sauf *La Chambre verte*, pour la fidélité aux morts qu'on a aimés. L'autre fois, c'était pour tuer deux heures qu'elle était entrée dans ce cinéma, sans même savoir quel film était à l'affiche. Les vieux succès de la Nouvelle Vague, elle les avait vus à la télévision et cela semblait lui suffire. Elle accepta tout de même mon invitation. J'insistai pour qu'elle se trouve à midi moins cinq devant le cinéma. Elle promit qu'elle y serait. En raccrochant, je lui avais dit que je serais à la fois Jules et Jim, prononçant « Djim ». Plus tard, elle me demanda la raison pour laquelle j'avais voulu voir ce film avec elle. C'était le hasard. Un mardi, nous aurions vu *Les Quatre Cents Coups*.

Je quittai le bureau vers onze heures et demie. La pluie se faufilait entre les pavés disjoints de la cour. En sortant, je croisai Léon Walsberg. Il revenait d'une réunion à la Chancellerie sur l'harmonisation du droit pénal en Europe. J'étais convié moi aussi. Mais j'avais préféré travailler au bureau, près du téléphone. Je ne voulais pas rater Mayliss si elle appelait de nouveau. Finalement, j'avais eu raison de rester. Léon parut content de me voir. Il ne fit aucune allusion à l'incident de la veille. Sans doute pensait-il que je prendrais à bras-le-corps cette affaire d'apatride.

Je rejoignis le boulevard Saint-Germain en coupant par le passage Saint-André. L'horloge de l'Odéon indiquait midi moins vingt. Comment Mayliss viendrait-elle jusqu'ici ? Avait-elle sauté dans un taxi ? Prendrait-elle le métro depuis Le Kremlin-Bicêtre, avec un changement à Jussieu ? J'approchai d'un plan et me mis à compter les stations. Il devait lui falloir environ quarante minutes pour accomplir le trajet. Si j'avais été sûr qu'elle sortirait à l'Odéon, je l'aurais attendue là. Mais je n'étais sûr de rien. Il ne pouvait exister aucune certitude, avec Mayliss. Je remontai la rue Monsieur-le-Prince d'un bon pas, la pluie redoublait et j'avais laissé mon pépin au bureau. Elle n'était pas arrivée. J'achetai deux billets en guettant les taxis. La caissière invita le petit groupe de spectateurs trempés à descendre dans la salle. Il était midi. Mayliss était en retard. Mon père aussi était toujours en retard.

Cette fois je n'eus pas à attendre longtemps. À peine quelques minutes.

— Je suis désolée.

Elle portait un imperméable serré aux hanches par une ceinture de toile. Je vis ses yeux inquiets avant de plonger dans l'obscurité. Le film commençait. Elle voulut s'installer au premier rang. La lumière de l'écran, pendant les scènes d'extérieur, éclairait son visage. Plusieurs fois nos regards se touchèrent. Elle me souriait. Je remarquai encore sa lèvre inférieure légèrement enflée. Jeanne Moreau sentait Jardins de Bagatelle. À la dernière image du film, Mayliss ferma les yeux.

Nous nous retrouvâmes dehors.

— Tu as faim ? demandai-je.

— Non, je voudrais seulement un thé.

Il pleuvait trop pour retourner à la Cour de Rohan. Je l'entraînai aux Banquettes rouges. La serveuse, une petite brune boulotte, portait une jupe très courte et moulante. Mayliss ne pouvait s'empêcher de la regarder avec fascination quand elle passait devant nous.

— Tu aimerais t'habiller comme ça ?

— Je ne pourrais pas !

— Pourquoi ?

— Je n'oserais jamais !

De nouveau je sentis un poids lui peser. Le poids de sa jupe de jersey, d'autre chose qui échappait à l'ordre matériel.

— Tu sais, j'ai trente-six ans. Je suis une vieille dame !

La façon dont elle avait dit « je suis une vieille dame » me fit sourire. Elle parlait très sérieusement, avec de petits hochements de tête, comme ces chiots de peluche qu'on installe sur la plage arrière des voitures. Elle ne voulut rien manger.

— Chez moi le frigo est tout le temps vide. Je me fais disputer.

Je me rappelai qu'elle était mariée. Et mère de famille. Elle m'annonça qu'elle partirait bientôt pour la Turquie. L'Unesco y organisait une conférence internationale sur la culture. Elle devrait traduire les communications des délégués arabes.

— Tu seras absente longtemps ?

— Une quinzaine de jours, peut-être plus, ça dépendra.

Je ne demandai pas de quoi ça dépendrait.

— Et chez toi...

— J'ai toujours un pied dehors, répondit-elle avec un peu d'humeur. C'est un besoin. Je ne supporte pas qu'on m'enferme. Ils le savent.

— Ils ne disent rien ?

— Si. Mais je pars quand même.

Il était presque deux heures. Je n'avais pas envie qu'elle s'en aille. Ni maintenant ni bientôt, à Istanbul. Elle non plus n'avait pas l'air pressée. Quand elle était là, le temps se rangeait de mon côté, ce n'était plus mon tour de patienter. La serveuse apporta une petite théière et deux rondelles de citron. Mayliss lui sourit. Elle n'avait pas pensé à me dire que son mari l'attendait pour déjeuner dans une brasserie alsacienne de l'Opéra. Peut-être avait-elle oublié. Elle murmura seulement qu'elle se sentait bien avec moi, avec l'air de le regretter.

9

Avant son départ pour la Turquie, on déjeuna ensemble une dernière fois. Elle arriva essoufflée au bureau. Je lui proposai de s'asseoir un moment. Elle sortit de son sac un vieux livre dont je ne réussis pas à lire le titre à l'envers. Quelque chose avait changé dans son apparence. Je dus m'absenter de la pièce. Le patron réclamait mon avis sur Inès Arroyo, la mère du supplicié de Catalogne. Je fus en mesure d'esquisser un système de défense et cela me soulagea. J'étais demeuré si honteux de mon hébétude, le jour de Jardins de Bagatelle.

Lorsque je revins, cela me sauta aux yeux, sa chevelure déliée qui tombait en cascade sur ses épaules, et sa couleur fauve. En sortant des Banquettes rouges, j'avais suggéré à Mayliss de lâcher ses cheveux. Nous parlions de la serveuse à la jupe courte. Je lui avais dit que ce serait déjà bien si elle rendait à ses mèches noires leur mouvement naturel. Elle n'avait pas réagi. Je m'étais hasardé à deviner leur véritable couleur, sans obtenir la moindre réaction de sa part. Elle me répondait avec cette chevelure aux reflets d'incendie qui aggravaient sa pâleur.

Mayliss avait repris son souffle. Nous partîmes vers Saint-Michel. Les terrasses étaient remplies. Rue de la Huchette, les rabatteurs des restaurants grecs nous pressaient d'entrer. Certains appelaient Mayliss « mademoiselle » et la complimentaient. Elle avançait sans ralentir. « Je n'ai pas l'habitude de mes cheveux, j'ai l'impression que tout le monde me regarde », fit-elle, apeurée. « Ils ne sont pas trop rouges ? Demain je les reteindrai. » J'entendis : « Demain je les éteindrai. »

Les quais résonnaient d'un roulement de tambour. Les autos passaient si près des bouquinistes que j'avais perdu depuis longtemps le goût d'explorer leurs grimoires, sauf de bonne heure en été. De Notre-Dame, nous passâmes dans les jardins. J'avais prévu de l'emmener au Flore en l'Île, en souvenir de mon père. Elle préféra s'asseoir d'abord sur un banc près du kiosque à musique. Les veines de son cou palpitaient, le blanc de ses yeux s'était fendillé comme une fine porcelaine. Je lui demandai si elle était en bonne santé. Elle répondit « non ».

Le vent se levait. Je sentis qu'elle avait froid. On ne s'était pas touchés, pourtant son parfum imprégnait le bout de mes doigts. Nous parcourûmes lentement les quelques dizaines de mètres qui nous séparaient du Flore en l'Île. Courir lui aurait été impossible, à cet instant. Il flottait dans le restaurant un doux brouhaha semblable à celui de la Cour de Rohan. Aussitôt ses traits se détendirent. Elle avait abordé un pays familier. Je savais qu'elle y serait bien. Une sensation troublante me gagna comme je la précédais. On s'était connus jadis ici et on allait se retrouver chaque fois que l'un de nous répéterait ce geste : pousser la porte à tambour du Flore en l'Île.

Mayliss n'évoqua guère son départ pour Istanbul. Elle décida simplement qu'elle rattacherait ses cheveux. Sans doute allait-elle aussi les rendre moins voyants. Elle me parla du noir qui s'imposait, là-bas. J'eus envie de lui dire que mon père aimait beaucoup le noir, et aussi cette table où nous avions pris place pour déjeuner, contre la baie vitrée, mais il aurait fallu expliquer trop de choses sur Jean Hector, raconter son goût pour la lumière. Je pensai que ce n'était pas le bon moment et je me tus pour mieux regarder Mayliss, pour mieux la garder.

En sortant, nous fîmes quelques pas le long du quai d'Orléans. Le vent soufflait encore. Des bateaux-mouches passaient, qui creusaient la Seine et envoyaient à nos pieds les fausses vagues d'un faux voyage. Mayliss me demanda si j'accepterais de venir dîner chez elle, un soir. Je refusai. Elle n'insista pas. Elle voulut savoir pourquoi j'étais seul à près de quarante ans. Je ne fus pas capable de le lui expliquer. Je lui confiai qu'au moment où ma femme était partie je l'aimais encore.

On se quitta quai de Béthune. Elle paraissait contrariée. Était-ce de se séparer, ou à cause de mes paroles sur Solange ? Elle disparut très vite. J'eus à peine le temps de lui dire qu'elle prenne soin d'elle. J'avais un rendez-vous dans le Marais. J'étais en retard. Je serrai dans ma main le livre qu'elle m'avait offert, un cadeau d'au revoir, avait-elle dit. C'était ce livre dont je n'avais pas pu lire le titre, au bureau, quand elle l'avait sorti de son sac. Un recueil de nouvelles de Jean Rhys, dont le prénom se prononçait comme celui de Jean Seberg. Il s'appelait *Les tigres sont plus beaux à voir*. Je ne l'ai jamais lu. Je me suis contenté de le respirer.

10

Mayliss partit pour la Turquie. Elle en revint. Entre-temps, je vécus si peu que le souvenir s'en est enfui. J'appris qu'elle était rentrée par un courrier qu'elle m'envoya. C'était le double d'un texte qu'elle avait traduit sur la condition des femmes dans le monde arabe. Il était accompagné d'une petite carte de visite où s'étalaient en grosses lettres son nom de madame, Mayliss De Carlo, son adresse et son numéro de téléphone. L'idée ne me vint pas de retourner la carte. Ce n'est que longtemps après, à la veille d'un départ en vacances, que je remis la main sur le texte dactylographié de Mayliss. Le trombone avait glissé et la carte de visite s'était retournée en tombant sur le parquet. Là, j'avais découvert son écriture violette, fine et haut perchée, je dis « violette » en pensant « violente », car ce qu'elle disait m'atteignit comme un coup de poing à retardement. « J'aimerais ton avis sur cette réflexion. Pardon si je t'ennuie. » Et dans le peu de place qui subsistait, elle avait ajouté en lettres minuscules, d'une encre plus appuyée encore : « Je meurs d'envie de te revoir. »

J'ai souvent tenté de me remémorer l'instant où j'avais décacheté son courrier. En réalité, je ne l'avais pas lu. Depuis mon divorce, je m'étais jeté à corps perdu dans le travail. S'il me restait encore de l'énergie après les longues heures passées à constituer mes dossiers de défense, j'essayais d'écrire un livre sur mon père pour honorer la promesse faite à Léon Walsberg. Je croyais encore qu'il suffisait de raconter sa vie ou celle de ses proches pour faire œuvre littéraire. Devant l'insistance de Léon, j'avais fini par signer avec *Le Mousquetaire* un contrat pour un roman. Comme je ne savais pas encore quel titre lui donner, Léon avait inscrit « *roman à venir* ». Une étourderie de la secrétaire l'avait transformé en « *roman avenir* ». Nous en avions ri mais je n'avais guère avancé depuis trois ans que cet engagement nous unissait. Non, je n'avais pas lu le texte envoyé par Mayliss. La carte de visite avait gardé son cri étouffé, « je meurs d'envie »...

Après son retour, un mois s'écoula sans qu'elle me donne signe de vie. Un jour, elle se montra furtivement dans l'embrasure de ma porte, mais elle était pressée. Léon lui avait demandé de traduire un texte. Mayliss avait accepté avec bonne humeur. Léon l'avait aussi encouragée à écrire un livre pour *Le Mousquetaire* sur les femmes musulmanes. Je m'étais demandé s'il avait eu un coup de cœur pour Mayliss et, pour la première fois, j'éprouvai à son égard un sentiment de jalousie qu'il sut rapidement dissiper. Il m'expliqua qu'il avait eu avec Mayliss une discussion passionnante, un matin qu'elle m'avait cherché sans succès au cabinet. Comme bien des juifs, il s'intéressait à la manière dont les musulmans traitaient les femmes. Il voulait en savoir davantage sur les droits de ces éternelles mineures. Mayliss, sans doute à cause de mon silence après son courrier, avait évité de m'en parler. M'avait-elle pris pour un vrai joueur, un de ceux qui s'abstiennent de retourner les cartes s'ils ne sont pas sûrs de tirer la bonne ? J'ai détruit toutes les lettres de Mayliss, sauf ce petit mot prêt à brûler la vie comme le soufre d'une allumette. Notre histoire aurait pu s'arrêter avant de commencer. Je n'eus pas la main heureuse.

C'est moi qui finis par la rappeler. Je quittais Paris en juillet. Je serais dans le Sud, à Nice ou peut-être sur la Riviera italienne. Je ne savais pas combien de temps allait durer mon voyage. Je trouvai ce prétexte quand Mayliss décrocha. Sa voix était plus grave qu'à l'ordinaire. C'était une voix sage et un peu lasse, une voix de grande personne prise sous le poids des jours. Une voix de vieille dame. On promit de se revoir.

Il fallut attendre le début du mois de septembre. Mayliss m'avait rejoint au musée d'Orsay. Elle portait son inévitable manteau de peluche et un bas avait filé à sa cheville. Nous naviguâmes parmi les statues de Maillol. Pour passer de l'une à l'autre, Mayliss posait par jeu un doigt sur mon épaule, je ne l'avais jamais vue aussi gaie depuis notre première visite à la Librairie Simone Thomas. On nous servit un thé dans le grand salon du dernier étage. Le parquet craquait sous nos pas. Ce jour-là Mayliss mangea beaucoup, des madeleines et de la salade de fruits. Ses yeux trahissaient le manque de sommeil. Toujours les mêmes petits vaisseaux éclatés. Toujours les traces blanches sur son visage sans couleur. Sa chevelure flamboyante avait pris une belle épaisseur. Il ne me vint jamais à l'esprit qu'elle pouvait être fausse.

11

Je savais d'elle encore très peu de choses. J'appris un jour qu'elle avait travaillé comme mannequin pour Christian Dior. Elle avait dix-neuf ans. J'eus parfois la tentation de rechercher des magazines féminins de la fin des années soixante-dix. J'y pense encore lorsque je longe avenue Montaigne les vitrines illuminées des grands couturiers, ou si je passe rue Cambon, près de l'immeuble des ateliers Chanel. L'envie me traverse de pousser une porte et de demander : « Avez-vous connu... », mais je renonce aussitôt, et d'ailleurs, quel était son nom avant qu'elle devienne Mme De Carlo ?

Elle me raconta comment, dans ses contrats, elle avait pu imposer de porter seulement des robes tombant sous le genou. Je crois qu'elle défilait aussi pour Balmain. Durant cette période naquit chez elle la hantise des photographes. Lorsque, bien plus tard, Léon sollicita une série de portraits pour la couverture de son livre, il fallut mener bataille avant de la convaincre. C'est seulement par amitié pour nous deux — et elle insista sur ce terme — qu'elle accepta d'être « épinglée comme un papillon ».

Conscient qu'un tel événement ne se reproduirait pas de sitôt, j'avais demandé au photographe du *Mousquetaire* de me préparer discrètement plusieurs tirages en noir et blanc. Mayliss n'en a jamais rien su. Ils dorment dans une enveloppe que je laisse cachetée chez moi, impasse de l'Astrolabe. Je n'ai pu me résoudre à les déchirer. Mayliss regarde l'objectif bien droit, d'un air de défi. L'arc de ses sourcils parfaitement dessinés accentue la régularité de ses traits, hormis la lèvre inférieure et son léger renflement. Elle renonça très vite aux défilés de mode et aux séances de pose pour les magazines. Elle n'aimait pas cet argent. Longtemps elle garda l'habitude de se faire vomir après les déjeuners. Quand je la rencontrai, elle avait cessé. Mais elle mangeait si peu.

Insensiblement nous avions rapproché nos rencontres. Elle me rejoignait rue Saint-André-des-Arts. Le mardi et le jeudi, nous nous retrouvions directement devant le cinéma des Trois Luxembourg. Elle arrivait en retard et je sentais qu'elle luttait contre l'envie d'annuler in extremis chacun de nos rendez-vous. D'abord, elle ne disait rien. J'étais comme un promeneur en forêt qui retient son souffle en s'approchant d'un écureuil, redoutant qu'il ne s'enfuie au premier bruit suspect. Mayliss reprenait vie, son visage se détendait peu à peu. Je risquais deux ou trois mots qu'elle accueillait d'un sourire. C'était gagné, elle était là, elle restait, le film pouvait commencer, d'autres mots et des images allaient la capturer, la captiver.

Une fois, je découvris une paire de lunettes rondes sur le bout de son nez, qu'elle tenait d'une main car la branche gauche était cassée. On ne se quittait plus sans reprendre date. Elle n'était jamais libre le lundi. Je réservais le mardi. Léon Walsberg fermait les yeux. Nous restions ensemble jusqu'au soir, on marchait au hasard des rues, on parlait de Mahler, de la *Symphonie numéro 6*, sa préférée. Elle disait « Mahler » comme « malheur ». Puis elle disparaissait subitement : « Je suis en retard. » Elle me rendait Paris d'un coup. Je ne savais pas toujours où nous avions atterri au terme de nos longues déambulations. Il arriva plusieurs fois que je doive chercher mon chemin sur un plan pour rentrer impasse de l'Astrolabe. Mayliss ne me demandait pas pourquoi je revoyais sans cesse les mêmes films. C'était mieux ainsi.

12

Le téléphone sonna très tôt un matin. J'étais à peine réveillé. Aussitôt je reconnus sa voix.

— Demain, je ne pourrai pas venir.

J'entendis un soupir dans le combiné.

— Excuse-moi, dit-elle.

Puis elle raccrocha.

Mayliss me laissa plusieurs jours sans nouvelles. Je ne voulus pas l'appeler. Je n'essayais jamais d'imaginer sa vie en dehors de nos rencontres. Je la savais peuplée d'amis de passage qu'elle et son mari hébergeaient pour les dépanner, des comédiens de petites troupes, des musiciens désargentés. Elle m'avait avoué un jour avec une pointe d'exaspération qu'elle devait s'occuper de tout le monde.

— Et toi, Mayliss, avais-je demandé, qui s'occupe de toi ?

— Personne, avait-elle répondu.

Je commençai à détester ces journées vides. Le vendredi suivant, elle se présenta au bureau. Elle portait une jupe de coton imprimé de fleurs rouges. Elle avait enfin abandonné son gros manteau. La sensation de son corps à portée de main me fit frissonner. Je l'emmenai à Saint-Michel. On nous plaça en terrasse, derrière des troènes en pots. Un vent léger soulevait la nappe de papier mais pas sa jupe attachée jusqu'au dernier bouton du bas.

— Je suis sûre que tu as un livre dans tes tiroirs, commença-t-elle.

— Un livre ?

— Oui, tu dois certainement écrire.

Elle me regardait avec insistance.

— Léon te l'a dit ?

— Non.

Sa coiffure avait un peu changé depuis la fois d'avant. Elle était moins aérienne, avait foncé. Je devinai que mon regard sur elle la gênait, mais je ne pouvais détacher mes yeux du renflement de sa lèvre inférieure. Je n'avais pas envie de parler de livres.

— C'est dommage, murmurai-je.

— Qu'est-ce qui est dommage ?

— Nous.

— Pourquoi ?

— On s'est connus trop tard, Mayliss.

— Trop tard pour quoi ?

— Pour rien.

Elle me sourit. Elle paraissait fâchée. Quand elle s'éloigna vers le métro, nous n'avions retenu aucune date pour un prochain rendez-vous. Cela n'aurait servi à rien de la rattraper.

Ce jour-là je restai tard au cabinet. Léon vint dans mon bureau. Il voulait savoir où j'en étais, de mon « roman avenir », justement. En avait-il parlé à Mayliss ? À son regard surpris, je sus qu'il n'avait rien dit.

— J'en suis encore au début, soupirai-je.

—Tu es content ?

— Je ne sais pas.

—Tu me montreras ?

D'un geste de la tête, je lui indiquai une chemise posée sur ma table de travail. Il s'assit lourdement dans le fauteuil face à moi, deux feuilles à la main, deux feuilles qui sont restées en l'état depuis. Il se mit à lire à voix basse.

« Mon père était photographe de plateau. Dans les années soixante, on le croisait aux studios de Boulogne en compagnie de jeunes gens qui s'exerçaient à vivre de leurs rêves. Il y avait là Nestor Kapoulos, Jean-Louis Huchet, Éric de Max, Mucir et bien sûr Gaby Noël, des noms connus des seuls amateurs de génériques. La caméra régnait alors en maître. Elle buvait tout du mouvement et mon père se faisait discret pour figer les artistes dans leur plus belle expression. Les meilleurs clichés paraissaient dans *Cinémonde*. La plupart finissaient placardés sur les murs du Grand Rex ou de l'Atrium, sous des protections de verre ou à même le regard des badauds qui parfois les volaient. Je crois que mon père avait l'œil. Il savait saisir une défaillance, une colère muette, la trace infime d'un incident de tournage sur un visage très pur. On aurait dit qu'il pressentait chez les comédiens leurs moments d'abandon, leur peur de n'être pas à la hauteur du film, du metteur en scène ou seulement de leur propre image.

L'appartement de mon père était rempli de ces magies instantanées. Un bâillement de Martine Carol, l'œil sombre de Françoise Dorléac, cet étrange désarroi sur les lèvres de Delphine Seyrig, une seconde avant qu'une voix crie "moteur". À ma connaissance, aucun de ces tirages ne fut jamais publié. Ils appartenaient au mystère comme les parures des anciens pharaons ou les étoles des sacristies. Mon père les prenait pour lui. J'ai envie de croire qu'il les prenait pour moi, surtout les actrices, en me laissant le soin de choisir.

Je ne sais rien de mes origines. Je suis né à Paris de mère inconnue et mon père photographiait les héroïnes. Peu avant sa mort, il me confia que je devais mon existence à un baiser de cinéma. »

Quand il eut terminé, Léon remit les feuilles dans la chemise et me la tendit.

—Tu devrais continuer.

— Je vois pas mal de films, en ce moment.

—Tu crois vraiment qu'elle était comédienne ?

— Oui. Avec les cinéastes de la Nouvelle Vague. Mon père ne jurait que par eux.

Léon me sourit.

— Bon.

Il eut l'air ennuyé, soudain. Comme chaque fois qu'il hésitait à me dire quelque chose, il se leva en sifflotant et se mit à tourner autour de mon bureau sans savoir où fixer son regard. Puis il se lança.

— C'est pour ça que tu emmènes Mayliss aux Trois Luxembourg ?

Le rouge me monta aux joues. Je ne répondis rien. Le silence s'installa. Léon se remit à siffloter.

— Crois-tu que ta mère a pu tourner avec Chabrol ? demanda-t-il pour nous tirer d'embarras.

— Dans *Le Beau Serge*, peut-être, ou alors dans *Les Cousins*. Il faudrait que je voie ces films. Pourquoi ?

— Comme ça.

Il alluma une cigarette. Depuis la mort de mon père, il avait pris sa place. Il le savait. Il n'en abusait pas. Avec sa ribambelle d'objectifs et d'appareils accrochés au cou, et je ne parle pas des femmes, mon père ne m'avait jamais laissé beaucoup d'espace. Mais, au moins, le poids de son trépied l'avait empêché de me semer en route, et tant mieux si je n'étais pas dans la lumière. Il y avait plus de place pour vivre, à l'ombre. Ma mère, une actrice, c'était autre chose. Elle avait filé comme une étoile. « Ces femmes-là ne s'embarrassent pas d'un môme », m'avait dit Léon Walsberg un soir que nous bavardions. Il avait raison. C'était pour cela que je donnais rendez-vous à ma mère deux fois par semaine, à midi précis, aux Trois Luxembourg. Comme Mayliss, elle aussi était en retard. Pourtant j'étais certain qu'elle finirait par venir à l'improviste sur une vieille bobine. Sans doute l'avais-je ratée dans *Jules et Jim*. Une intuition tenace me disait qu'elle y tenait un petit rôle.

— As-tu pensé au titre ? demanda Léon.

Je répondis :

— *Le Fils lumière*.

Il fit la moue.

— On trouvera mieux, trancha-t-il.

Puis il ajouta :

— En tout cas, il ne faut pas se laisser gagner...

Sa phrase resta dans l'air, inachevée.

— Alors il faut se laisser perdre ? rétorquai-je sans réfléchir, comme un revers au ping-pong.

Il était désarçonné. Au bout de quelques instants, pour meubler le vide, il reprit :

— En attendant, sois prudent, avec Mayliss.

Je ne savais pas ce que signifiait ce « en attendant »,

puisque j'attendais si peu de ces séances de cinéma, de ces silences épais, à croire que mon père avait tout manigancé pour que rien ne reste, pas un signe, pas un craquement sur la pellicule, rien qui puisse me mettre sur la voie. Je l'imaginai s'appliquant à talquer les rails de travelling pour les prises délicates où il ne souffrait aucun bruit, effaçant toutes les traces qui m'auraient mené au halo maternel.

À nouveau le rouge me monta aux joues.

— Pourquoi faut-il que je sois prudent ?

Léon me regarda avec une bienveillance teintée d'inquiétude.

— Ce n'est pas sain de poursuivre deux femmes en même temps.

Il aurait pu ajouter « deux comédiennes », mais il s'arrêta là.

13

J'avais décidé de rentrer à pied impasse de l'Astrolabe. Je n'avais pas dîné. J'avalai une crêpe brûlante dans une guitoune en plein air à l'angle du boulevard Raspail. Il devait être onze heures du soir. Les Parisiens étaient encore nombreux dans les rues. Tous n'avaient pas remisé leurs manteaux mais ils marchaient sans hâte et bien droits, libérés du poids de l'hiver. Les femmes portaient des robes de demi-saison. Une fois ou deux, je reconnus Jardins de Bagatelle. Je ne pus m'empêcher de me retourner. Je me demandai ce que faisait Mayliss à cette heure-ci. Jouait-elle du piano ? Lisait-elle une histoire à son fils qu'un cauchemar aurait réveillé ? Son mari avait-il posé une main sur son ventre ?

— Ah, monsieur Gilles !

La gardienne de mon immeuble sortait les poubelles. Le trottoir était jonché de magazines tenus par de la ficelle. Je regardai les dates, ils étaient récents. Mayliss ne pouvait pas être dedans en Balmain ou en Dior. Deux fauteuils de salon qui avaient cessé de plaire passaient leur première nuit dehors.

— Ils vous intéressent ? me demanda la gardienne.

Je fis « non » de la tête.

— De toute façon, je ne sais pas où vous les auriez mis. Avec tous vos bouquins...

Elle voulait bavarder. J'esquissai un sourire poli.

— Un paquet est arrivé pour vous, monsieur Gilles. Ça vient de Panamá. Vous le voulez maintenant ou vous viendrez demain à la loge ?

— Je vais le prendre tout de suite.

— Alors suivez-moi. Mais parlez doucement, mon mari dort.

Je n'avais pas le cœur à parler.

Sur le colis s'étalait, ample et distinguée, l'écriture de Paul Hutin. Comme Borel, c'était un ami d'université. Après son droit, il avait poursuivi dans les sciences politiques tout en restant un cinéphile très averti. Puis il avait choisi la diplomatie. Très jeune, il s'était retrouvé à Panamá avec le titre de premier conseiller d'ambassade. Chaque matin, il se réveillait devant le Pont des Amériques, face à la statue de Ferdinand de Lesseps. Il pouvait se vanter de connaître les plus grands trafiquants de la planète, mais peu de choses l'excitaient autant que le cinéma. Paul Hutin avait un faible pour les westerns spaghettis. Il avait imaginé que plus tard nous ferions des films ensemble, que j'écrirais les scénarios et lui les musiques, car bien sûr il était aussi musicien. Il avait été frappé par le duo de génie que formaient Sergio Leone et Ennio Morricone. «Tous deux étaient copains de classe, comme nous ! m'avait signalé Paul. Et ils ont conquis le monde entier avec des acteurs pas rasés et un son d'harmonica. » J'avais souri à cette idée, décidé toutefois à n'y donner aucune suite. Un Hector dans le cinéma, c'était bien assez. Jamais ne me serait venue l'envie d'empiéter sur le territoire de mon père. J'aurais craint de faire moins bien que lui. Plus encore, j'aurais craint de faire mieux.

À chacun de ses voyages aux États-Unis ou au Mexique, Paul Hutin achetait des malles entières de vidéos qu'il se projetait la nuit dans la rumeur du Pacifique. Son colis contenait un lot de trois cassettes en espagnol, accompagnées d'un petit mot : « J'ai vu par hasard le nom de ton père dans le générique de cette série. Tu y trouveras peut-être ton bonheur. Amitiés. Paul. »

Au cours de sa vie, mon père s'était rendu en Amérique du Sud pour y tourner des reportages animaliers et d'autres films dont il ne se vantait pas, consacrés à la propagande romantique des héros révolutionnaires. Ces voyages m'avaient toujours surpris car il n'aimait que Paris, les lumières de Paris. Quand il rentrait, je lui demandais ce qu'il avait fabriqué là-bas. Invariablement, il me répondait « rien de sensass », j'ai encore sa voix dans l'oreille, qui répète « rien de sensass », en appuyant sur les « s ». Il semblait chaque fois déçu, sans donner l'impression de chercher précisément quelque chose. Il repartait pourtant dès qu'une occasion se présentait. J'avais reçu des cartes de Lima, de Carthagène et de La Havane, quand il avait participé au tournage de *Cuba si* avec Chris Marker. Je ne crois pas qu'il m'ait jamais écrit de Panamá.

Il était tard. Je n'eus pas le courage de regarder les films. La poche de ma veste était déformée par un livre. Je reconnus *Les tigres sont plus beaux à voir*. Je l'avais laissé au bureau depuis que Mayliss me l'avait offert.

J'avais dû l'attraper machinalement, ce soir-là, lorsque Léon Walsberg m'avait donné ses conseils de prudence. Je respirai la tranche du livre. Le parfum de Mayliss persistait. Une feuille volante coincée sous la couverture s'échappa au moment où j'allais commencer ma lecture. C'était une facture de réparation automobile. Le garage Corneille du Kremlin-Bicêtre. Elle était rédigée au nom du mari. M. Guy De Carlo. On avait remplacé la calandre et l'écusson de sa Laguna. Le mécanicien avait aussi ajouté une patte et une agrafe. C'était tout. Je n'avais rien à faire dans cette vie. Mayliss m'avait dit un jour qu'elle ne savait pas conduire. Mais elle avait un mari qui possédait une Laguna munie d'un écusson neuf. Je décidai de ne plus me manifester. Léon Walsberg saurait très bien s'occuper du livre sur les femmes musulmanes.

14

Les jours suivants, j'assistai à plusieurs projections de films anciens. J'avais délaissé pour quelque temps les Trois Luxembourg car j'y aurais cherché malgré moi la silhouette de Mayliss. Alors que rien de grave n'existait encore entre nous, j'évitais de me rendre seul dans les endroits que nous avions fréquentés ensemble. Je profitai de cette forme de convalescence pour explorer les Action du quartier. Cela me permit de vérifier qu'à coup sûr ma mère n'avait pu tourner dans *L'Atalante*, à moins qu'elle n'ait débuté enfant.

En parcourant les carnets noirs reliés en similicuir de mon père, je découvris qu'il avait participé au tournage de *Ma nuit chez Maud*. Certaines pages mentionnaient un séjour à Clermont-Ferrand et un retour à Paris aux studios de la rue Mouffetard, vers la fin de l'hiver 1968.

À propos de *Ma nuit chez Maud*, mon père s'était contenté de marquer le nom de la caméra Arriflex et des objectifs Cook. Une phrase pourtant demeurait obscure : « Tourné en noir et blanc. N.V. vivra plus longtemps. » En lisant plus tard un manuel sur les techniques du cinéma, je compris à moitié ce que mon père avait voulu dire, à moitié seulement. Comme la plupart des bons photographes de sa génération, il n'aimait que le noir et blanc. Il en fit même une affaire de principe lorsqu'il prit ses responsabilités de chef lumière. Un producteur qui l'avait connu autrefois me révéla qu'il discutait souvent avec les réalisateurs pour les convaincre de ne pas céder aux facilités de la couleur. C'est pourquoi il avait une affection particulière pour François Truffaut, outre qu'ils étaient nés le même jour de la même année, le 6 février 1932. Mais que signifiait « N.V. vivra plus longtemps » ? L'auteur du manuel expliquait qu'une pellicule impressionnée en noir et blanc se conservait mieux qu'un film en couleurs. Je pensai que ces initiales sans visage étaient celles de ma mère. L'idée ne m'était pas venue, obsédé que j'étais par cette femme inconnue, que ces deux lettres accolées, N et V, pouvaient tout simplement signifier Nouvelle Vague. Je revis *Ma nuit chez Maud* dans un Action de Saint-Germain. J'en ressortis une nouvelle fois déçu. Ma mère n'était ni Françoise Fabian ni Marie-Christine Barrault. Alors qui ? Mon père m'avait bel et bien laissé dans l'ombre.

15

C'est elle qui m'appela. Je reconnus aussitôt sa petite voix, haut perchée comme son écriture.

— Comment allez-vous, cher monsieur ?

Cela semblait l'amuser de me vouvoyer. Elle était gaie sans raison apparente. Elle voulait savoir si j'avais beaucoup de travail dans l'après-midi. Mon carnet de rendez-vous était vide. J'avais prévu de voir *L'Enfant sauvage* car Truffaut l'avait tourné en noir et blanc. Dans un carnet de mon père, qui avait réglé les éclairages — mais il ne parlait jamais d'éclairage, il préférait dire « les lumières » ou, plutôt, « la lumière » —, j'avais repéré les mêmes initiales, N.V., que pour *Ma nuit chez Maud*, et cette découverte m'avait excité.

— Retrouvons-nous à la Maison romantique, décida Mayliss.

J'acceptai, sans savoir comment m'y rendre. Elle m'indiqua à peu près le chemin. Je suivis ses explications sur un vieux guide de Paris qui signalait aussi les fontaines Wallace. Aujourd'hui, je serais incapable d'y retourner. Je me souviens seulement que j'avais remonté la rue Pigalle et que l'air était tiède. Je me demandai à quoi pouvait bien ressembler une maison romantique dans le quartier des belles-de-jour. Comme d'habitude, j'étais arrivé le premier. J'avais poussé la porte d'une grille rouillée. De grands arbres projetaient leur ombre sur un jardin parsemé de gravier. Des enfants jouaient à se poursuivre. Un chat dormait sur une chaise en bois. Des dames sans âge prenaient une collation sous une tonnelle. Tout au fond se tenait une maison dénuée d'envergure, dérisoire comme une maison de poupée. De temps à autre, quelqu'un passait sa tête à la fenêtre puis disparaissait. Malgré la lumière du jour, les lustres étaient allumés. Leurs pampilles de cristal tintaient dans les courants d'air.

Je m'assis sous la tonnelle et dépliai un journal. Nous avions dit midi, il était presque la demie. Les gens parlaient à voix basse, leurs rires me berçaient. Je finis par m'assoupir. Une main se posa sur mon épaule, très légère, le temps avait passé.

— Excuse-moi.

Elle m'embrassa sur le front comme les mères parfois embrassent leurs enfants lorsqu'ils ne sont plus tout à fait des enfants. En me redressant sur ma chaise, je ne sus rien dire d'autre que ces mots :

— Ne change pas, Mayliss.

Nous prîmes une salade pour deux, et du thé. J'ai oublié de quoi nous parlâmes ensuite. La trace de cette journée s'est figée tout entière dans l'instant qui nous attendait quelques heures plus tard au milieu d'un autre jardin, plus bas, à la Trinité. Je garde cependant le souvenir irréel de la Maison romantique, comme de ces scènes dont on se demande longtemps après si on ne les a pas seulement rêvées. Mais comment aurais-je pu inventer avec une telle précision cet intérieur encombré d'objets vieillots, de gravures, de bijoux et d'ennuyeuses porcelaines, qui demeure en moi comme le butin d'une mémoire flottante ? Mayliss était restée accrochée à mon bras tout au long de la visite, si près que j'avais respiré son parfum à m'en faire tourner la tête. Au moment de repartir, j'étais ivre d'elle.

Nous dévalâmes la rue Pigalle. À ma montre, il était déjà six heures du soir. Je ne comprenais pas qu'il puisse être si tard. Mayliss foudroyait le temps, quand nous étions ensemble. Le soleil n'envoyait plus sa lumière dure de la mi-journée qui décolorait Paris et les cheveux des passantes. J'éprouvai le besoin de parler de mon père à Mayliss. Cela vint comme ça. Je lui dis que pour un film, j'avais oublié lequel, il avait tamisé l'éclat du soleil avec des draps suspendus derrière les comédiens. Plusieurs jours de suite, il avait fait tremper nos plus vieux draps dans un bain de thé. Je ne sais plus ce que je racontai ensuite. Je crois que je parlai, trop sans doute, du noir et du blanc. Du soleil blanc dont mon père avait éclairé la Sicile dans *L'Avventura,* à l'époque où il travaillait pour Antonioni. Des fluorescences de Milan dans *La Notte.* De la lumière noire des usines qui baignait *L'Éclipse.* Chaque fois mon père choisissait ces tons abrupts pour éprouver les couples de cinéma. Mayliss m'interrompit brusquement en protestant :
— Mais la vie est en couleurs !
— La vie, oui, mais pas les rêves.
—Tu te trompes, les miens sont bleus !
Nous étions près d'un arrêt de bus. Aucun ne se diri-

geait vers l'Odéon. Elle s'était plantée sur le trottoir et ne voulait pas rentrer chez elle.

— Si on allait s'asseoir ?

Elle désigna le jardin de la Trinité, au bout de son doigt. Elle avait mis ses lunettes de soleil. Pour la première fois je vis son visage sans pouvoir capter son regard. Nous nous assîmes dans l'herbe. Je me demandai si je connaissais la couleur de ses yeux. Étaient-ils vert foncé ou bien gris perle comme les toiles de Corot dont elle m'avait parlé un jour, mais je n'avais pas bien écouté. Ce n'était plus le moment de chercher la couleur de ses yeux car, à cet instant, une autre vie commençait dans laquelle peu importait le noir et le blanc ou la couleur, le vert foncé ou le gris perle. Ce fut une scène au ralenti orchestrée par un maître invisible du mouvement, peut-être un de ces vieux Chinois à casquette et bâton qui pratiquaient devant nous les gestes lents du taï chi. Un ballon rouge roula jusqu'à moi, suivi d'un enfant, et, dans ce même élan qui m'envoyait le ballon et l'enfant, Mayliss posa sa tête sur moi en prononçant ces mots : « Je t'aime depuis le commencement. »

Une phrase de mon père, soudain, prit tout son sens, marquée dans son carnet de l'année 1964, un 13 janvier : « On ne parle pas de la lumière. »

16

Un matin, elle passa sans prévenir au bureau. Elle voulait voir la mer. Je n'avais plus de voiture depuis longtemps. Je demandai à Léon Walsberg s'il acceptait de me prêter la sienne pour la journée. Il me tendit ses clés sans chercher à savoir où je comptais aller. Je compris à travers son silence qu'il faudrait avoir bientôt une conversation, tenter de lui expliquer ma difficulté à me concentrer sur les affaires qu'il me confiait. Mais que lui aurais-je dit ? Que Mayliss était un sortilège, une femme, une amante, une sœur, une mère aussi, une dévoreuse de temps qui avançait dans la lumière posthume inventée par mon père ? J'ignorais moi-même qui était vraiment Mayliss, et la place qu'elle allait prendre dans mon existence.

C'était une auto légèrement éraflée sur les ailes, de marque américaine ou allemande, je n'ai jamais su reconnaître les modèles, mais quelle importance : elle roulait. Mayliss prit place à côté de moi et nous filâmes vers Cabourg. Il était presque trois heures quand le front de mer nous apparut. On marcha sur la plage. Un vent froid soulevait des risées de sable. Mayliss était excitée comme une enfant à l'idée de s'approcher de l'eau. Elle se déchaussa, retira ses bas avec délicatesse. Je la regardai courir jusqu'aux vagues en poussant de petits cris de joie. Je ramassai ses souliers et ne pus m'empêcher de respirer ses bas.

Elle revint radieuse mais tremblante. Nous repartîmes en direction des bancs disposés tout le long de la promenade. Elle était glacée. Je la frictionnai vigoureusement. Elle s'assit et me tendit ses jambes l'une après l'autre. J'effleurai la chair tendre de ses cuisses, ses longues chevilles que je n'avais pas imaginées si fermes, avant de sentir leur poids sur moi. Mon cœur battait davantage à mesure que le corps de Mayliss prenait toute sa consistance. Puis elle renfila ses bas d'un geste lent, insensible à l'air frais. Mes doigts s'étaient imprégnés de l'odeur de sa peau et je redoutais déjà qu'ils la laissent échapper, comme avait fini par disparaître Jardins de Bagatelle sur la tranche de *Salammbô*.

Le vent redoubla. On entra au bar du Grand Hôtel. La serveuse nous dévisagea longuement et ne parvint plus à détacher son regard de nous. Elle passait de l'un à l'autre. C'est à peine si elle osait approcher pour prendre la commande. Je revis cette scène d'*Un homme et une femme* où Jean-Louis Trintignant glisse à Anouk Aimée que le garçon du restaurant a l'air contrarié parce qu'ils n'ont pas commandé assez de plats. Il le rappelle et demande : « *Garçon, vous avez des chambres ?* »

Je pensai très fort à cette scène que j'avais vue des dizaines de fois, à l'époque où je croyais qu'Anouk Aimée pouvait être ma mère. Jean Hector figurait au générique. Il m'avait laissé de nombreuses photos d'Anouk Aimée, j'avais mis du temps à trouver de quel film elles étaient tirées. En réalité, elles provenaient de *Lola* et non du film de Lelouch. Du coup, mon espoir s'était envolé de mettre un visage, une merveille de visage, sur l'inconnue qui était ma mère. À la date du tournage de *Lola*, celle qui m'avait porté devait avoir le ventre trop arrondi pour jouer une frêle chanteuse de cabaret.

La serveuse ne nous quittait pas des yeux. Je devinai dans son regard gêné l'indécence qui pouvait s'attacher au spectacle des gens qui s'aiment. Nous vivions l'instant présent dans une bulle increvable. Elle ne pouvait pas savoir que le temps nous dévorait.

À cette heure-ci le bar était désert. Un jour de semaine et hors saison, il ne fallait pas s'attendre à l'animation des grandes vacances. Ce calme nous convenait. Nous parlions à voix basse comme dans le secret d'une église. Même au milieu d'une foule immense, il n'y aurait eu que nous. En se retournant, Mayliss découvrit un piano. Il était posé sur une estrade en bois et ressemblait à un gros insecte au dos luisant. Mayliss se leva. Sans rien demander à personne, elle s'installa devant le clavier. La serveuse me lança un regard où se mêlaient inquiétude et envie. Puis elle interrogea silencieusement le maître d'hôtel qui lui fit signe de laisser. Alors elle me sourit et se laissa tomber sur une chaise, comme étourdie. Les doigts de Mayliss effleurèrent à peine les touches d'ivoire, si bien que la musique semblait ne venir de nulle part.

Enfin le temps s'arrêta. Mayliss ondulait au-dessus du clavier. Le bar fut emporté dans une ambiance aquatique et douce. Je reconnus un thème de Nino Rota qu'affectionnait Fellini. Mon père avait travaillé pour le

Maestro à l'époque de *La Dolce Vita* et des *Nuits de Cabiria*. Il ne m'en avait jamais parlé. C'est en feuilletant un de ses carnets que j'avais découvert ses activités romaines. Aucun « N.V. » n'accompagnait ses brefs commentaires sur la lumière crue qu'il avait fait jaillir dans la fontaine de Trevi pour sculpter la silhouette d'Anita Ekberg, mais il avait rapporté des enregistrements de piano de Nino Rota que j'écoutais, enfant, sur son magnétophone et que Mayliss venait de me rendre sans le savoir.

Elle demanda l'heure à la serveuse. Déjà sept heures du soir. Son visage se renfrogna. Nous sortîmes très vite. Je dus rebrousser chemin : nous avions oublié de payer. La serveuse ne s'était aperçue de rien. Quand elle me dit merci, je ne sus si elle pensait au pourboire ou à la musique qui imprégnait encore le silence. Je roulai à toute allure. Mayliss se taisait. Je sentis sa contrariété.

— Nous sommes invités à dîner ce soir chez des amis, murmura-t-elle.

Nous, c'était elle et Guy De Carlo, son mari. Elle disait « mon époux ».

Ils habitent place Dauphine.

Elle me demanda de stopper devant une cabine téléphonique.

— Il faut que je l'appelle. Je lui dirai d'aller là-bas directement, tu m'y déposeras.

En sortant de l'auto, elle me regarda avec un drôle de sourire. Elle lança :

— Ne sois pas triste.

Mayliss s'engouffra dans la cabine. Le plafonnier était en panne. L'obscurité gagnait. J'allumai les phares pour lui permettre de composer le numéro. Ses lèvres remuaient. Elle disait à son mari des mots que je ne pouvais pas entendre. Tout à coup nous étions très loin l'un de l'autre, elle derrière la vitre en plexiglas et moi derrière le pare-brise. Je songeai à l'image que mon père aurait pu en tirer. La pluie se mit à tomber. J'actionnai les essuie-glaces. Je ne voulais pas que Mayliss disparaisse. Il me sembla que l'eau pouvait l'effacer. Le jour rétrécissait à vue d'œil. Mon père aurait installé une photo flood dans la cabine de téléphone pour éclairer le visage de la comédienne. Mais cette fois nous étions dans la vie et, comme il disait souvent, « la vie, c'est pas du cinéma ». La petite figure de Mayliss s'allongea sous les gouttes, se déforma, se décomposa. Ce n'était plus la pianiste aérienne dont on garderait le souvenir au bar du Grand Hôtel de Cabourg. Le halo du mensonge nous enveloppa dans un noir très dur. Une couleur impossible. Mon père, à la réflexion, n'aurait pris aucune photographie. Il détestait voir la laideur entrer dans son objectif.

Il était près de neuf heures quand je laissai Mayliss devant un immeuble de la place Dauphine. Elle n'avait pas de fleurs, pas d'excuse.

— Je vais me débrouiller.

Elle disparut sans m'embrasser. Je n'étais plus sûr de rien, pas même de la revoir un jour.

17

Trois journées entières il plut. Je visionnai quelques films de la Nouvelle Vague, *La Boulangère de Monceau*, d'Éric Rohmer, et aussi *Mes petites amoureuses*, de Jean Eustache. Mon père avait réglé la lumière sur le visage d'Ingrid Caven en lui demandant d'allumer une cigarette et de garder la flamme vivante le plus longtemps possible, pour laisser au spectateur le temps de voir ses traits. Ensuite elle replongeait dans la nuit avec son amant, mais grâce à l'éclair initial de l'allumette on savait que la femme adultère qui hantait la promenade d'une avenue de Narbonne, un soir d'été, c'était Caven.

D'après ses notes, mon père avait fini par convaincre Jean Eustache de ne pas éclairer en permanence le visage des héros. Il suffisait de les montrer distinctement une poignée de secondes pendant que l'allumette se consumait pour qu'ils retournent à la pénombre sans que le fil du récit soit perdu. Le manque de lumière sur ce couple clandestin ajoutait à la poésie et au mystère de leur présence. L'allumette soufflée, Caven était toujours là. Je me suis demandé parfois si un photographe pour touristes comme on en voit devant les marches de l'Opéra avait pu nous prendre à notre insu, Mayliss et moi. J'aurais donné cher pour découvrir nos silhouettes accordées, réunies autrement qu'en transparence sur les vitres des bus, des métros et des boutiques.

C'était déjà le week-end, encore le week-end, une parenthèse de silence. Il n'y avait rien à attendre et pourtant j'attendais. Les heures étaient interminables, plus longues encore que les jours. Je finis par fixer mon attention sur *Cléo de 5 à 7*. Une jeune femme apprenait qu'elle était atteinte d'un cancer, elle était belle et allait mourir, peut-être, c'était l'obsession inscrite sur la pellicule, le mariage de la beauté et de la mort. Mais je ne pensais pas à ma mère en regardant Corinne Marchand, ses pas fiévreux dans Paris comme s'ils pouvaient être les derniers. C'est Mayliss que je voyais. De quoi souffrait-elle ? J'aurais aimé que mon absence fût sa seule souffrance.

Mon téléphone ne sonna pas durant ces trois jours, sauf une fois. Léon voulait savoir si j'accepterais de représenter le cabinet Walsberg à Rome, la première semaine de mai. Il m'expliqua succinctement l'affaire. Je craignais que Mayliss tentât de me joindre à cet instant précis et que la ligne fût occupée. Cela s'était produit, un dimanche soir. Prétextant une course à l'épicerie, elle était sortie de chez elle puis m'avait appelé en vain d'une cabine. À son retour, son mari l'avait dévisagée sans un mot, sans un regard pour ses mains vides. Il lui avait seulement dit que l'épicier arabe était toujours fermé, le dimanche soir. Le lendemain, j'avais fait l'acquisition d'un répondeur.

Léon me parla d'un symposium européen sur les

droits des victimes auquel nous étions invités. Il n'était pas libre à cette période. Début mai, il serait à Jérusalem. J'entendis seulement Rome, partir avec Mayliss, à Rome. Je donnai mon accord puis abrégeai la conversation. Le téléphone ne sonna plus.

Mayliss parlait peu de son mari. Elle l'aimait. Elle m'aimait. C'était ainsi. J'avais fini par apprendre qu'elle s'appelait Mayliss de Mérandol, et son nom de jeune fille m'avait irrésistiblement plongé dans un monde enfantin, de mandoline et de farandole. Je crois qu'elle n'appartenait pas davantage à son mari qu'elle ne m'appartenait. Une femme aimée vous appartient-elle jamais ? Elle appartient d'abord au rêve et à la souffrance, sitôt qu'elle disparaît. Mais Guy De Carlo l'avait rencontrée le premier, et, comme les gens de son rang, Mayliss avait une certaine idée de l'ordre.

Depuis l'aveu de la Trinité, quelque chose avait changé en elle, qui suscitait la méfiance de cet époux effacé et pourtant si présent. D'habitude ponctuel à son travail, il tardait maintenant à partir, non sans avoir au préalable interrogé Mayliss sur ses occupations de la journée. Mayliss lui avait-elle parlé de moi ? Oui, comme d'un ami, prétendait-elle. Mais son mari devait se méfier d'une amitié qui redonnait vie et couleur à sa femme. Si Mayliss évoquait des courses à la Chaussée-d'Antin — Guy De Carlo dirigeait une compagnie d'assurances installée sur les Boulevards —, il lui proposait de l'emmener déjeuner. Un petit enfer courtois se mit en place dans leur maison du Kremlin-Bicêtre. Un matin qu'il avait traîné chez eux, il décrocha le téléphone et j'entendis une voix de fumeur répondre « allô ». Ce mot d'une écrasante banalité me fit frémir car il matérialisait la présence d'un homme auprès de Mayliss. Elle était sa femme depuis douze ans et je ressentais cependant la douleur d'être moi-même un mari trompé. Ce jour-là, je revis pour la énième fois *La Règle du jeu* dans une salle de l'Épée de Bois. Je savais que rien ne me conduirait sur les traces d'une étoile filante qui jouait certains soirs le rôle improbable de ma mère. Mais les dialogues de Jean Renoir me parlaient de nous. Souvent m'en revient une bribe : « Le problème dans la vie, c'est que tout le monde a ses raisons. »

Pendant trois jours il plut sur Paris et Mayliss n'appela pas. Le mardi, je composai son numéro. Ce fut sa voix à lui. Je raccrochai aussitôt. Il était pourtant onze heures passées. Il me fallut quelques minutes pour recouvrer mon calme. J'avais besoin d'elle, envie d'elle, de disparaître en elle de toutes mes forces. Mes tempes cognaient douloureusement tant je ressentais le manque de Mayliss. J'aurais voulu m'évanouir ou dormir et n'être réveillé que par elle. Attrapant sur une étagère de ma bibliothèque un des carnets de mon père et, le feuilletant au hasard, je tombai sur une notation qui d'ordinaire m'aurait paru anodine : « Entre la lampe et la main, il y a un fil. » Le fil était rompu.

18

Elle téléphona un soir. Son mari participait à un dîner d'assureurs. Il avait insisté pour qu'elle l'accompagne. Au dernier moment, elle s'était défilée. Il était parti en retard, hors de lui.

— Je ne te parle pas longtemps, il va sûrement essayer de me joindre.

— Pendant le dîner ?

— Tu ne le connais pas...

Sa voix était lasse et lointaine.

— C'est difficile ? demandai-je.

— Oui, fit-elle après un silence.

— Tu préfères qu'on ne se voie plus ?

Il y eut un autre silence. Le monde chancela.

— Tu préfères, toi ?

— Non.

Je lui proposai un rendez-vous dès le lendemain aux Trois Luxembourg, à midi.

Sans hésiter elle dit « d'accord ».

— Nous parlerons de Rome, ajoutai-je avant de raccrocher.

Il était presque midi et demi. C'était fichu pour le film. J'attendais près de la caisse, un sandwich à la main. Le cinéma donnait pour la quinzaine *L'Homme qui aimait les femmes*. Dans le studio de mon père, j'avais trouvé plusieurs clichés de Charles Denner. Ils appartenaient tous les deux à la même génération, des types discrets qui aimaient leur métier mais refusaient d'en faire des tonnes sous prétexte qu'ils travaillaient dans le « cinoche », comme disait mon père. Il avait beaucoup photographié Denner à ses débuts dans *Ascenseur pour l'échafaud*, et surtout avec Truffaut dans *La mariée était en noir*. Le visage blême et coupant de son personnage devait beaucoup aux éclairages paternels, à cette lumière crue qui rebondissait contre des panneaux blancs placés hors du cadre, focalisée par de simples pastilles réfléchissantes. Les gens du métier, lorsqu'ils découvraient ces photos, pouvaient dire sans risque d'erreur : une telle lumière, c'est Jean Hector. Et le nom de mon père dans leur bouche suscitait en moi comme une décharge électrique, une pénible envie de pleurer.

Je n'avais jamais vu *L'Homme qui aimait les femmes*, mais je pressentais que, parmi toutes les créatures provinciales séduites par Bernard Morane (le nom de Denner à l'écran) dans la vieille ville de Montpellier, l'une d'elles aurait pu être ma mère. Un soir que Charles était venu dîner à la maison, j'étais encore enfant, il s'était extasié devant le pot-au-feu préparé par mon père. « Mon petit Gilles, avait déclaré Charles, radieux, tu dois savoir que Jean et moi partageons les mêmes goûts pour ce que l'existence offre de meilleur, la bonne chère, les gitanes sans filtre et, avant tout, les dames de cœur. » J'étais bien jeune mais j'avais compris qu'il ne parlait pas de cartes à jouer. Mon père était dans la force de l'âge quand *L'Homme qui aimait les femmes* sortit en salles. Il les aimait sans doute autant que son ami Charles, mais laquelle d'entre elles aurait mérité une étoile mystérieuse sur ses carnets de tournage ? La marchande de lingerie ? La jolie secrétaire du loueur de voitures ? La baby-sitter ingénue ? Ou tout simplement l'ouvreuse de cinéma, avec sa lampe de poche qui fouillait l'obscurité ?

Un taxi freina devant les Trois Luxembourg. Mayliss manqua glisser sur la chaussée en claquant la portière. Elle se précipita vers moi, les yeux affolés. Elle avait pleuré. Je devrais patienter encore pour savoir si l'ouvreuse me cachait un secret.

19

On descendit la rue Monsieur-le-Prince jusqu'à l'Odéon. La pluie s'était interrompue mais le morceau de ciel qui se découpait dans la saignée du boulevard roulait de gros nuages gris. Mayliss m'entraîna au Danton. Elle n'avait pas lâché ma main depuis sa sortie acrobatique du taxi. Une main froide qui tenait fermement la mienne. Elle commanda du thé. Son visage ressemblait à un puzzle brouillé. Longtemps elle garda l'expression d'une fugitive.

— Il est resté toute la matinée, commença-t-elle. Quand je me suis préparée pour partir, il a voulu m'accompagner. J'ai eu toutes les peines du monde...

Pendant qu'elle parlait, je caressai ses joues. Elle n'avait mis aucun maquillage. Elle n'avait pas eu le temps de peindre ses lèvres, elle n'avait même pas dû y penser. Je l'imaginai allant d'une pièce à l'autre dans sa maison, suivie par cet homme aux abois surveillant sa femme et devinant qu'elle se préparait pour un autre. Elle l'avait semé. J'évitai de demander comment. Elle était là.

Mayliss ne connaissait pas Rome. Elle promit de m'accompagner après avoir noté la date du voyage sur un minuscule carnet, au crayon pour pouvoir la gommer. Viendrait-elle vraiment ? À quel endroit se retrouverait-on dans Paris ? Guy De Carlo la laisserait-il partir sans résistance ? Ces questions soulevaient dans mon esprit une foule d'obstacles. La remarque de Léon Walsberg me trottait dans la tête. Il avait sûrement raison. J'avais tout à perdre à poursuivre deux femmes à la fois. Deux absentes. Pourtant non. Mayliss se tenait devant moi. D'ailleurs, elle allait beaucoup mieux. Son sourire remplissait le Danton. Elle embrassait ma main, la collait contre son sein et me disait : « Sens comme mon cœur bat fort. » Il faudrait apprendre à lui faire confiance, ce serait difficile. Je ne savais rien des femmes mariées. J'ignorais qu'elles peuvent être fidèles à leur amant. Justement, nous n'étions pas des amants. Parfois les lumières accrocheuses du Danton éclairaient un pan intime de son corps, l'intérieur du bras, la peau laiteuse et tendre de son cou jusqu'à la naissance de la poitrine. Je levais les yeux, croyant distinguer derrière cette lueur la silhouette de mon père qui m'indiquait le chemin.

20

C'était un samedi. Nous étions loin de juin et pourtant Paris résonnait de musique. J'avais décidé de rester impasse de l'Astrolabe. La cassette de *L'Enfant sauvage* m'attendait depuis plusieurs semaines déjà. Je repoussais de jour en jour le moment de la regarder. J'aurais dû au contraire me précipiter. Pour Truffaut. Pour mon père qui une fois encore avait réglé les lumières selon les lois épurées du noir et du blanc. Pour cette femme de celluloïd qui certains soirs me manquait plus que d'autres, le week-end par exemple, quand je savais Mayliss perdue jusqu'au lundi.

D'emblée je compris les raisons de ma réticence. Dans le halo des bougies, dans le soleil des lampes à arc que je devinais posées avec précision par Jean Hector, dans le flot limpide et doux s'inscrivait le visage d'un enfant qui n'était pas moi. J'attrapai le boîtier de la vidéo. La notice indiquait l'année du tournage : 1969. À cette époque, j'avais l'âge du héros, exactement. Une dizaine d'années. J'en voulus à l'opérateur Jean Hector de n'avoir jamais orienté sur son propre fils le faisceau tendre qui enveloppait le front, les yeux, les mains de Jean-Pierre Cargol, le jeune comédien qui interprétait le rôle-titre.

Sans doute aurais-je préféré disparaître, entrer dans un trou de souris, plutôt que de me retrouver face au Leica de mon père, avec sa détente souple, tandis que ronronnait l'Arriflex de Truffaut derrière l'arrondi de son objectif. « Mon garçon est fait pour l'ombre », disait souvent mon père. C'était sa façon de me protéger. Mais en visionnant *L'Enfant sauvage*, découvrant les traits de ce « petit d'homme » amoureusement modelés par la lumière d'un autre homme qui était mon père, je me sentis trahi. Je décidai par principe de détester Jean-Pierre Cargol dont, Dieu merci, je n'ai plus entendu parler depuis. Sans compter qu'il avait peut-être connu ma mère. Ensuite mon trouble s'apaisa : je m'aperçus que la distribution ne comportait aucune comédienne de premier plan. Notre secret était resté intact. Ma mère, bien sûr, ne pouvait être qu'une grande actrice. Elle n'avait rien à faire dans un film où les héros étaient seulement un homme et un enfant.

Le téléphone sonna. Il était un peu plus de neuf heures du soir. C'était Mayliss.

— Rome, c'est quand ?

Je calculai à toute vitesse.

— Dans deux semaines, à peu près.

— Je ne tiendrai pas tout ce temps. Viens me chercher !

— Où ça ?

— Au Kremlin-Bicêtre, sur la nationale 7, après le tunnel, la première à gauche. Tu verras la statue d'un Gaulois. Je serai là. Dépêche-toi...

— Tu es seule ? demandai-je.

— Oui. Il a emmené le petit à la fête de l'école. Je n'en peux plus. Viens.

Je passai en hâte une chemise blanche et aussi un coup de peigne dans mes cheveux, dévalai l'escalier quatre à quatre, souhaitai sa fête à la concierge, « Mais ce n'est pas ma fête ! » s'écria-t-elle toute confuse en se laissant embrasser. Interceptant un taxi libre sur le boulevard du Montparnasse, je lançai au chauffeur : « Fouettez, cocher, c'est pour un enlèvement ! » Nous fûmes bloqués dix minutes aux Gobelins et autant place d'Italie. Les autos avançaient au pas, des bus immobilisés au milieu de la chaussée klaxonnaient à tue-tête. Ma bonne humeur avait viré au désarroi. Si son mari avait changé d'avis. S'il était rentré. S'il l'avait trouvée prête à sortir, prête pour moi. Le taxi se dégagea enfin en direction de Ville-juif où mon père avait fini de vivre.

— Encore combien de temps, d'après vous ?

Le chauffeur me regarda dans son large rétroviseur.

— Pas plus de cinq minutes, ne vous énervez pas.

Je fermai les yeux. Je les rouvris en entendant le clignotant. L'auto ralentissait. Mayliss était assise sur un banc près de la statue du guerrier gaulois, exactement comme elle l'avait dit. Elle portait une robe de toile légère qui lui battait les chevilles et une veste de coton qu'elle n'avait pas pris le soin de boutonner.

— Où veux-tu aller ?

— Danser !

Le taxi redémarra. Mayliss vint se blottir contre moi. J'inspirai profondément ses cheveux parfumés. Elle s'assura que le chauffeur ne pouvait pas la voir puis glissa une jambe entre les miennes. Elle enfouit ma main sous sa robe et me fit signe de ne rien dire. La lumière des lampadaires éclairait son sourire par intermittence. Ses yeux s'étaient fermés comme ceux des poupées de cellu- loïd. Ce fut un enlèvement réussi.

On dansa une partie de la nuit. Des orchestres dispa- rates avaient trouvé asile sur plusieurs places de Paris. Mayliss courait de l'une à l'autre. Elle dansait n'importe comment, riait sans retenue. Quelquefois je chuchotais à son oreille : «Tu ne veux pas que je te raccompagne ?» Elle protestait, s'agitait de plus belle, s'accrochait à mes épaules. Vers trois heures du matin elle voulut aller chez moi. Je lui fis répéter.

— Chez toi, confirma-t-elle en détachant chaque mot.

Nous marchâmes sans nous hâter. Déjà elle devenait chair et sang. Elle allait, aérienne, encore protégée par ses boucles rousses qui dansaient sous la lune pendant que je me demandais si je pourrais vivre sans elle, quand elle aurait disparu.

La nuit brillait sur mon lit ouvert. Mayliss se déchaussa. Elle roula ses bas un à un jusqu'à la naissance des che- villes, avec une infinie lenteur, puis les laissa tomber par terre d'un geste désinvolte. Elle s'étendit sur le dos, longue et nue, les bras dans la coulée du corps, les mains ouvertes. Bientôt elle ne serait plus seulement une odeur de jardin, une voix douce, une caresse ou ce regard d'émail frotté au blanc d'Espagne. Je devinai le renfle- ment de sa lèvre, le souffle tiède qui couvrait les batte- ments de mon cœur. Elle fermait les yeux comme dans le taxi. Les miens restèrent écarquillés. Mayliss soudain respira très fort. Elle redressa la tête et demanda si je lui appartenais. Je me rappelai mes paroles à Cabourg alors que nous marchions sur la plage. Je lui avais dit : « Quand nous aurons dormi ensemble, on ne pourra plus se séparer. » Elle avait acquiescé d'un air de panique puis m'avait serré sans un mot.

Mes mains mieux que mes yeux apprirent la leçon de ce corps languide. Je dessinai pour mémoire la courbe de ses épaules, les ondulations de son dos, ses fines attaches, l'arc de ses lèvres, de ses sourcils, son ventre creux, les trois petites taches rouges sur son sein droit comme dans la chanson de Mouloudji, et les deux longues taches brunes posées l'une au-dessus de l'autre sur ses fesses, que je ne tardai pas à baptiser la Corse et la Sardaigne.

Ma paume revint longuement contre son ventre. Je parcourus encore sa peau étonnamment claire au grain serré, la peau très lisse des êtres qui gravent dans l'eau leur image vertigineuse.

— Je suis ta femme, décida-t-elle aux premières lueurs du jour en rajustant sa robe.

Elle était guillerette. Il était six heures du matin.

— Je vais prendre un taxi. Reste.

Elle m'abandonna dans un demi-sommeil. J'entendis son pas décroître au bas de l'escalier, puis rien que le silence d'un lendemain de fête. Son parfum flottait sur mes draps, au creux de l'oreiller. Plus tard, je découvris près du lit une épingle à cheveux entourée d'un fil roux. Elle avait aussi oublié ses bas. Les jours suivants, je rassemblai ces trésors sur ma table de nuit pour me convaincre que je n'avais pas rêvé.

21

Elle n'appela pas de toute la semaine. Son parfum persistait à la surface de mon lit, et il y avait cette épingle à cheveux, ma pièce à conviction. Mayliss m'avait prévenu en partant : je marcherai dans tes rêves et ils seront très bleus. Elle m'avait récité la liste des bleus qu'elle connaissait, le bleu alcyon, le bleu de toluidine, le bleu azur, le bleu de coloriage, le bleu nuit. Il aurait fallu inventer le bleu Mayliss, un bleu tendre et douloureux à la fois. Mais je ne rêvais pas. Du moins mes rêves ne laissaient-ils aucune trace au réveil. Autant que possible, je vivais de réalité. Il me fallait du concret. Tout le contraire d'une femme de cinéma. Mayliss me collait à la peau. Elle existait. Elle était venue chez moi. Elle avait laissé un cheveu entortillé autour d'une épingle, une paire de bas, son parfum, son corps filigrané au mien.

Pendant ces jours sans elle me revinrent certaines paroles de mon père. Il évoquait la chaleur de la lumière. Je n'étais pas certain de comprendre ce qu'il voulait dire, et je crois que mon impuissance à partager ses passions l'attristait. Il appelait à la rescousse des films auxquels il avait participé. Mais en ce temps-là je négligeais ostensiblement son travail pour mieux lui signifier combien il me manquait. Les titres retentissaient en moi comme des aveux : il citait *Mes petites amoureuses*, *L'Amour l'après-midi*, ou encore *La Maman et la putain* que, bien sûr, je déformais en *La maman est la putain*. Il ne remplaçait que rarement le soleil par des projecteurs électriques. Il préférait les couleurs naturelles, surtout si elles étaient chaudes. Suivait une longue énumération destinée à susciter mon intérêt, les feuilles d'automne, les pêches de vigne qu'on cueille en septembre, la peau des femmes sur la pellicule technicolor. « Voilà pour les couleurs chaudes », disait-il. Je hochais la tête. Puis il passait au froid. Il en avait une idée précise. Je devrais dire une idée fixe. Le froid venait du bleu, et seulement du bleu.

22

Nous partîmes pour Rome. Je n'espérais plus, quand un soir au téléphone elle murmura ce mot, « d'accord », puis elle raccrocha. Du temps avait passé. Je ne l'avais plus revue ni entendue, sauf un autre soir, très vite, pour fixer le lieu du rendez-vous. Elle m'attendrait dans un café de l'Alma autour de midi. J'allais dire « onze heures » pour nous laisser une marge, mais elle avait déjà reposé le combiné.

Ce jour-là elle fut ponctuelle, radieuse dans une longue jupe fleurie imprégnée de Jardins de Bagatelle. Jamais son visage ne m'était apparu si serein, son sourire si intense, et si lisse son front. Même ses lèvres semblaient moins gonflées sans leur minuscule éminence fiévreuse. Autant de gaieté me troubla. Était-ce la perspective du voyage, le bonheur de se retrouver enfin seuls, et loin, dans une ville étrangère ? Peut-être l'époux avait-il obtenu quelque garantie ? Oui, c'était ça, elle avait juré qu'à son retour...

—Tu as l'air soucieux, lança-t-elle. Pourtant je me suis dépêchée !

Son rire acheva de me surprendre. Pourquoi l'avait-il laissée partir aussi facilement ? Je la savais peu douée pour le mensonge, mais avait-elle menti ? L'inquiétude appartenait à notre amour et cette découverte accrut mon désarroi. J'avais fini par me résoudre aux retards de Mayliss. Ils étaient les territoires précieux des batailles qu'elle livrait pour voler jusqu'à moi, voler comme une voleuse. Mayliss était une fille de l'attente. Qu'elle fût tout à coup précise au rendez-vous me donnait le sentiment d'une émotion trahie, le regret des heures vides où le cœur bat sans combattre, vaincu d'avance.

Un soir qu'il revenait d'un cocktail aux Artistes Associés, mon père s'était extasié à propos d'une actrice anglaise de passage à Paris qu'il avait jadis connue sur un tournage en Italie. Il avait promis de m'emmener voir le film. Bien sûr, il oublia. Des années plus tard, un cinéma du Quartier latin le programma en reprise. Je découvris Audrey Hepburn dans *Vacances romaines*. Elle aurait fait une mère de rêve.

Mes craintes se dissipèrent lorsqu'une voix d'aéroport, après cent trente-six minutes de mains enlacées, une voix de guimauve et de lait sucré, annonça comme si elle avait toute la vie devant elle : « *Roma-Fiumicino, uscita due* », traînant sur le « doué » final. J'avais pris le parti d'étirer en minutes les moments que nous passions ensemble et, à l'inverse, de comprimer nos séparations en journées. Il m'apparut ainsi que cent trente-six longues minutes vécues l'un contre l'autre effaçaient largement trois petits jours de séparation. Plus tard, je me suis mis à décliner à l'infini cette arithmétique du cœur, décomposant chaque heure commune en milliers de secondes.

Et que pouvaient huit jours, même quinze jours sans elle contre ces milliers de secondes, ce temps atomisé que je buvais avec Mayliss comme un goutte-à-goutte.

Le soleil faiblissait. C'était une fin de journée sur Rome, baignée de lumière orange, ce que mon père appelait l'heure magique, les derniers feux avant la nuit, les plus mystérieux, les plus fragiles, les plus difficiles aussi à impressionner sur la pellicule. On nous montra une chambre qui donnait sur la piazza Navona. Le bagagiste, dans sa veste saumon, ouvrit devant nous le robinet d'eau froide, puis celui d'eau chaude, en conçut une certaine fierté, tout marchait à merveille. Il écarta les rideaux, fit entrer un ruban de ciel, désigna le téléviseur, mais déjà nos yeux avaient roulé sur le lit qu'un rai de lumière traversait en diagonale. Les joues du bagagiste prirent la teinte de sa veste. Il n'était pas même l'heure de dîner mais, en bon fils du peuple, il devinait que Rome commençait pour les amants sous le drap blanc dont Mayliss venait de soulever un coin.

Le troisième soir, il fallut dîner en compagnie d'un couple de diplomates et d'un avocat milanais qui se disait le meilleur ami de Léon Walsberg et mécène des éditions du Mousquetaire. Nous évitâmes, Mayliss et moi, de croiser nos regards. Sinon, il ne serait resté rien d'autre à table que cette terrible envie indécente et cruelle dont nous brûlions à distance, éloignés par l'amas coloré des pâtes fraîches et le bavardage sans fin de ces étrangers. Mayliss prenait part à la conversation, souriait avec grâce, hochait la tête, faisait mine de s'intéresser. Quelquefois, ses yeux se posaient sur moi, mais cela ne durait qu'une fraction de seconde, il ne fallait surtout pas se regarder, la comédienne n'a pas le droit de fixer la caméra. Aussitôt elle m'esquivait, je n'étais plus dans sa ligne de visée, sur sa ligne de vie. Son rire éclatait quelques centimètres plus loin, à la face de l'avocat ébloui par ce nouvel astre de la nuit romaine. Comme nous étions loin, soudain…

Depuis notre arrivée en Italie, tout nous avait réunis, jusqu'aux bains moussants, aux petits déjeuners au lit, aux soupers que je commandais avant la fermeture des cuisines, vers dix heures du soir. Une femme en tenue bleue entrait à petits pas, se dirigeait les yeux baissés vers la table à roulettes, déposait le plateau en prenant soin de ne pas nous déranger, ressortait comme elle était venue, c'est à peine si on entendait son léger « *grazzie mille* » quand elle refermait sa main sur un billet dont peu m'importait la valeur car seule Mayliss comptait.

Qu'il fut long, ce dîner. Là où elle est à présent, je me demande si Mayliss pense encore au jardin suspendu sur la colline de Caracalla d'où montait ce soir-là, suppliante, lumineuse, la voix des ténors répétant *Nabucco*. À la note la plus haute, elle me pria des yeux. Cela voulait dire : partons. Elle se leva, je la suivis. Sûrement avions-nous inventé un motif convenable. J'ai oublié lequel. Peut-être nous sommes-nous levés sans la moindre excuse. Nos corps se désiraient, nos corps mouraient. Existe-t-il pour le dire un langage admis dans les familles ? L'épouse de l'avocat nous jeta un regard de poule offusquée pendant qu'un des diplomates cherchait fébrilement au fond de ses poches une carte de visite qu'on ne lui laissa pas le temps de trouver.

Un taxi nous happa derrière les ruines d'un palais d'été. Nous étions pressés d'arriver et, cependant, je fis signe au chauffeur de ralentir. Le temps me parut moins fuyant à l'intérieur d'une auto qui roulait toutes vitres ouvertes, laissant pénétrer le parfum des buis et des lauriers-roses, et la silhouette affûtée des cyprès. Une brise légère apportait du port d'Ostie des senteurs de mer et de fond de cale. L'éclat de nos phares découpait furtivement les vestiges épars de la vieille ville pour mieux les abandonner ensuite au noir profond des rues sans lumière.

Surgirent aussitôt comme dans un jeu d'ombres, avant de s'évanouir, les colonnes de marbre laiteux, la masse opaque du Colisée, une pluie de fontaines peuplées de colosses ruisselants, et aussi la chair de Mayliss qui avait sorti un pan de sa chemise et découvert le haut de ses cuisses. La tête contre mon épaule, la bouche entrouverte, elle ne disait rien. Parfois un lampadaire isolé éclairait son visage. À la radio, le speaker hurlait les scores d'une belle soirée de football en Italie. Mayliss prit ma main et la guida. Elle ne portait plus la culotte de satin que je m'étais résigné à la voir enfiler en se trémoussant, avant notre départ de l'hôtel. « Je l'ai enlevée pendant le dîner, tu n'as rien vu ? » L'archet blanc de son sourire, dans la nuit. La nudité mordorée, à l'anse de ses hanches. Elle déposa un baiser brûlant au coin de mes lèvres et s'enfonça plus profondément à l'arrière du taxi. Un but de la Lazio couvrit les premiers gémissements accordés à mes caresses. Je respirais le bout de mes doigts lorsque le chauffeur lança un sonore « piazza Navona », comme s'il avait voulu nous jeter hors d'un rêve.

On laissa la chambre éteinte. Au bord du lit elle se renversa sur le dos et attendit.

Le lendemain, nous traversâmes le Tibre jusqu'au

Vatican. Mayliss trottinait en chantonnant, les épaules découvertes, sans autre maquillage que la trace de mes baisers autour de sa bouche. Aux premières marches de Saint-Pierre, une voix nous arrêta. Un garde empanaché fit signe à Mayliss de cacher sa peau nue. Elle passa la veste de fil bleu ciel qu'elle portait nouée à sa taille, riant comme un enfant surpris de son audace. « Dire qu'on me reproche d'être toujours trop habillée. » L'expression indignée du garde redoubla sa bonne humeur. À l'entrée de la basilique, j'abandonnai les mots d'une impossible prière : il n'existe aucune action de grâce pour qui aime une femme mariée. On se reposa un moment sur un banc. Un organiste jouait une musique des ténèbres qui poussa Mayliss tout contre moi. À côté, un couple âgé répétait à voix basse, en français : « Seigneur, nous ne sommes pas dignes de te recevoir. Aie pitié de nous. » Je me levai, Mayliss au bout de ma main, et nous sortîmes, prenant soin de sauter dans les taches de lumière qui dansaient sur le marbre.

De retour à l'hôtel, elle demanda un numéro à Paris. Je sortis de la chambre. En me rejoignant au grand salon, elle se dirigea tout droit vers un piano de concert qui semblait l'attendre. Nous étions à Rome et soudain nous étions à Cabourg. Le barman voulait absolument que Mayliss fût d'origine irlandaise. Je répondis qu'elle était française. Il refusa de me croire. « Non, elle est de là-bas, insistait-il. Je connais bien ces filles… » Je renonçai à le détromper. Il pensait que Mayliss était ma femme. Je n'en demandais pas plus. J'imaginai qu'avec le temps, de voyages en mensonges, de cafés normands en hôtels romains, finirait par naître une géographie foisonnante de notre amour, peuplée de témoins qui auraient pu dire : « Oui, ils étaient ensemble, ils étaient sûrement mari et femme. À la serrer si fort, c'est vrai qu'il aurait pu la tuer. » En prévision des jours sans elle, j'additionnais les minutes et les heures de notre vie commune en pointillé, dessinant l'étrange marelle qui relie la terre au paradis.

Je reconnus le morceau préféré de Mayliss. Les conversations du grand salon s'interrompirent. On n'entendit plus que chuchoter. Une dame aux cheveux blancs s'approcha de moi pour me féliciter. Quelle chance j'avais de vivre avec une musicienne qui recréait à merveille l'univers de ce pauvre Nino Rota. Elle me parla de son mari, lui aussi décédé, m'interrogea sur la durée de notre séjour. Viendrions-nous partager avec elle une bouteille de *primitivo* ? Et qu'avions-nous éprouvé sur la plage d'Ostie où le malheureux Pasolini... Mayliss, lentement, venait d'entamer *Ne me quitte pas*. Puis elle se leva, se planta devant moi, les yeux immobiles. Seules ses lèvres remuèrent lorsqu'elle souffla : « Je l'ai dissuadé de venir me chercher à l'aéroport. »

Au matin du départ, elle retendit ses bas et les traits de son visage. Un mot nous aurait écorchés. Une scène de neige me rattrapa dans ce dernier soleil de Rome. Je revis le blanc intense des montagnes d'Auvergne, à la fin de *Ma nuit chez Maud*. Mon père se tenait à un souffle des acteurs.

Lui : Vos lèvres sont froides.

Elle : Les vôtres aussi.

Lui : Je suis dans le ton de vos sentiments.

Mayliss avait refermé son sac et se tenait prête, mais c'est moi qui déjà l'attendais. Un autre temps s'était mis à courir devant nous, que les heures ne suffiraient pas à combler. Elle avait rangé ses crèmes, ses brosses et ses sourires de petite fille. Elle avait gommé près de sa bouche les marques de la mienne. Avec ses joues pâles, son corps indemne, un trait noir sur ses yeux et sa myopie sur le monde, elle pouvait affronter le retour dans sa propre vie, l'éternel retour des amoureuses qui confondent le plaisir avec la douleur. À Orly, sa joie revenue éclaira d'autres visages. Au bout du tapis roulant, que n'était-il volant, avant la salle des carrousels, un homme attendait les voyageurs du vol Alitalia sous la protection d'un petit garçon au regard immense, au front bombé, pareil en tout point à celui de la femme qui venait à l'instant de me lâcher la main. Je vis comme dans un ralenti de cinéma une famille se reconstituer, la preuve de la fusion des particules, le trio gagnant dont j'étais seulement le numéro complémentaire. Mayliss n'avait emporté qu'un bagage à main. Je gardai en souffrance un au revoir et aussi une question de vie ou de mort : à quand ?

Dans le taxi qui me ramenait impasse de l'Astrolabe, je remerciai Jean Hector d'avoir oublié — mais avait-il vraiment oublié ? — *Vacances romaines*. Je l'entendis me dire de sa voix rugueuse : « Il ne faut pas pécher contre l'espoir. » J'aurais bien voulu parler de Mayliss avec cette autre femme qui improvisait je ne savais où le rôle de ma mère. À ma demande, le taxi fit un détour par l'Accattone. *Ma nuit chez Maud* n'était plus à l'affiche. J'indiquai alors sans réfléchir l'adresse de mon père, 9, rue Budé, dans l'île Saint-Louis. En ce temps-là rien n'avait encore brûlé. La clé de son studio ne quittait pas mes poches, depuis sa disparition. Finalement, je n'avais pu me résoudre à le vendre. Cela m'avait coûté cher, un acheteur avait déjà versé une belle somme pour le retenir. Il avait fallu payer une pénalité. J'avais dû aussi changer les carreaux qu'un coup de tonnerre avait brisés. Le vitrier avait posé des vitres badigeonnées de peinture blanche, comme la défense passive pendant la guerre.

La pièce principale était vide. Ne restaient qu'un bureau et une étagère surchargée de photos, le canapé-lit et, au mur, le Jésus-triste. J'avais gardé le savon à barbe de mon père, dans la salle d'eau, et le rasoir mécanique avec lequel il tranchait d'un coup sec ses poils blancs et parfois des morceaux de pellicule. J'avais gardé aussi son eau de toilette qui dégageait un parfum de vieux livre. Un long week-end commença. J'étalai devant moi des dizaines de photos. Deux jours de suite, je partis à la recherche d'un visage.

23

Elle était seule. Il était onze heures du matin. Derrière elle jouait une musique très lente, la *Sonate au clair de lune*. Une petite pluie de notes sur un clavier. L'impression me gagna que désormais je devrais chercher Mayliss sous la pluie. J'avais hésité longtemps avant de composer son numéro. Son mari était imprévisible. Certains jours, il décidait de rester chez lui. À Rome, Mayliss m'avait dit qu'elle laisserait le répondeur branché chaque fois qu'il serait présent. Ce matin-là, elle décrocha à la première sonnerie.

— C'est toi ? demandai-je, sa voix était si faible.

— Oui.

— Il est parti ?

— Très tôt.

Il fallut lui arracher les mots. Ce n'était plus Mayliss l'amoureuse des nuits romaines, l'apparition de la piazza Navona.

— Mais alors...

Je n'eus pas la force de poursuivre. Je m'apprêtais à lui demander pourquoi elle n'avait pas appelé. C'était inutile. Elle se taisait. La musique jouait encore, envahissait le combiné, une musique nocturne. Je finis par me lancer.

— Ça va ?

— À part le chagrin de Guy, ça va.

Elle avait parlé avec une sorte d'ironie hostile. Le souffle presque coupé, je continuai.

— On se voit aujourd'hui ?

— Tu es sûr que tu veux ?

— Sûr.

— Alors pas chez toi.

— Je suis chez mon père.

Elle était sur ses gardes, si distante, maintenant. Je lui fixai rendez-vous au Flore en l'Île. Elle assura qu'elle y serait à deux heures mais qu'elle n'aurait pas beaucoup de temps. Exprès j'arrivai en retard pour ne pas avoir à l'attendre. Le patron m'adressa un signe. Non, personne ne m'avait demandé. Je pris la place habituelle de Jean Hector. Le ciel de Paris était très bleu. Une lumière aveuglante entrait par la baie vitrée. Un bateau à voile doublait Notre-Dame. On se serait cru au bord de la mer.

Enfin elle arriva. Elle s'installa devant moi sans ôter son gros manteau de peluche qu'elle avait ressorti. Elle avait les joues légèrement rosées des femmes qui font l'amour l'après-midi. Ses yeux étaient chiffonnés, sa chevelure en bataille, son maquillage approximatif comme la première fois aux Banquettes rouges. Elle commanda un citron pressé. Après un long silence, elle regarda dehors pour me dire qu'elle avait cédé à son mari, au retour de Rome. Je pris sa main qu'elle laissa morte dans la mienne. Puis elle murmura : « Ce n'est pas grave, mon chéri. »

Je me levai en lui demandant de me suivre. Elle n'essaya pas de dégager sa main. Nous sortîmes et je l'entraînai vers l'appartement de mon père.

— Où m'emmènes-tu ? demanda-t-elle, inquiète.

Je ne voulus plus parler. Les mots ne pouvaient rien pour nous. Il fallait que je la serre contre moi, que je regagne chaque centimètre de son corps perdu. Elle enleva son manteau, le laissa tomber par terre. Elle s'allongea dessus et me tendit les bras en clignant des yeux car le soleil d'automne se réfléchissait dans la croix blanche des vitres. Après je ne sais plus. Je me souviens aujourd'hui que le jour avait fini par s'épuiser peu à peu. L'intensité de la lumière avait faibli. J'aurais été incapable de dire s'il était sept heures du soir ou pire.

Elle s'endormit. Mon bras était engourdi là où pesait sa tête. Pour rien au monde je n'aurais bougé. La nuit vint. J'avais soif, et un peu faim. Je soufflai à l'oreille de Mayliss qu'elle devrait rentrer, qu'on allait s'inquiéter, chez elle. Je caressai son visage, appuyai une dernière fois ma main sur son ventre, espérant peut-être sentir le début d'un enfant. Nous nous rhabillâmes dans l'obscurité que venait parfois hacher les halogènes des bateaux-mouches. Le studio de mon père n'était pas fait pour la nuit. Nous étions plus petits que nos ombres.

Mayliss téléphona. Un mot suffit : « J'arrive. » Puis elle raccrocha. Elle m'interdit de descendre avec elle. En sortant, elle souffla : « La prochaine fois, je laisserai mon pyjama. » Elle avait élu ici le domicile de notre histoire. Qu'en auraient pensé mon père et toutes les héroïnes qui veillaient sur l'étagère, au-dessus de son bureau ? Peut-être avais-je réuni sans le savoir les deux soleils de mon existence.

Avant de disparaître, Mayliss s'approcha. « Dans un an, je serai là pour toujours. » Il faisait trop sombre pour que je voie ses lèvres remuer. Elle disparut. Je restai avec sa promesse irréelle qui emplissait l'obscurité. Lorsque j'essaie de retrouver cet instant, les mots que j'entends sont étrangers au mouvement des lèvres de Mayliss, comme dans les films où les acteurs sont doublés.

24

Une nouvelle vie commença, réduite aux dimensions du 9, rue Budé. Mayliss venait aussitôt qu'elle pouvait. Elle me trouvait plongé dans un dossier pénal ou feuilletant un carnet de tournage de mon père. J'en avais déniché plusieurs sous une masse de photos. C'est à cette période que Léon Walsberg me proposa de travailler chez moi, à condition de rester joignable. Il venait de recruter un nouvel associé et tenait à l'installer convenablement. En réalité, j'aurais été incapable de défendre quiconque avec des chances réelles de gagner. Étais-je moi-même en mesure de me défendre, face à Mayliss ? Je cédai mon bureau sans résistance, en attendant que Léon aménage une autre pièce près du sien. Il nota le numéro de téléphone du studio, me demanda si j'avais déménagé. Je répondis que je m'étais rapproché de ma mère. Il n'insista pas. Léon évitait les questions dont il savait les réponses.

Je n'emportai pas grand-chose rue Budé. Quelques livres que j'empilai sur le parquet. Une grande serviette de bain pour Mayliss. Elle se douchait en arrivant parce que, le soir, elle n'avait plus le temps. Le mélangeur était déréglé. Il envoyait par saccades un jet brûlant ou très froid. J'entendais Mayliss pousser de petits cris. Après, elle chantonnait. Au début, j'imaginais qu'elle effaçait de sa peau les caresses de son mari. Puis j'avais arrêté d'y penser. Moi, j'évitais de me doucher après le départ de Mayliss. Tout ce temps-là je sentis Mayliss, le parfum de Mayliss, la sueur de Mayliss, les pleurs de Mayliss, ses caresses et ses angoisses. Je suis sûr que le corps de Mayliss ne s'imprégna jamais de mon odeur.

Au fil des jours, le studio se remplit aussi de vases en grès, en verre bleu ou transparent. Mayliss avait la passion des fleurs. Elle en glissait partout et même à l'intérieur des livres, même dans sa chambre de clinique, le lundi, où elle recevait des soins dont elle garda jusqu'au bout le mystère. De quoi souffrait-elle ? Elle souffrait, c'était tout. Mayliss était une souffrante. J'imaginais une maladie mortelle et pourtant elle vivait. Elle disait « ce n'est rien ». Je la croyais. Par moments pourtant, elle semblait se craqueler. Tout en elle pâlissait jusqu'au blanc de ses yeux. Elle prétendait que seule ma main ouverte sur son ventre la soulageait. Je faisais mine de la croire. Elle s'allongeait, devenait une très vieille dame. Puis elle disparaissait sans plus donner signe de vie.

Je restais longtemps sans nouvelles. Le répondeur était branché en permanence au Kremlin-Bicêtre. Pour traverser les heures et les nuits derrière mes vitres laquées de blanc, je m'efforçais de croire que Mayliss n'existait pas, qu'elle n'avait jamais existé. Dès qu'elle revenait, je la pressais de questions. De guerre lasse elle se décidait à me répondre. Un médecin la soignait dans une clinique des Ternes. Elle avait sa chambre, ses habitudes, ses vases remplis de fleurs. Elle prétendait aussi qu'elle saturait l'air de Jardins de Bagatelle. Les infirmières fermaient les yeux. On fermait les yeux, devant Mayliss.

Un jour qu'elle m'avait donné rendez-vous près de l'ancien Drugstore de l'avenue Matignon, elle me fit jurer de ne pas la suivre au moment où elle sortirait. Elle devait demeurer une semaine dans le service du médecin dont j'ignorais le nom. Lorsque je m'étais résolu à la filer, elle avait déjà disparu. Aux renseignements téléphoniques, l'opératrice ne me signala aucune clinique dans le quartier. Je décidai que je ne demanderais plus rien. Mayliss revenait souriante et reposée. La teinte de ses cheveux avait changé. Comme toujours après une longue séparation, elle s'ingéniait à porter la même robe qu'au moment de son départ, croyant par ce subterfuge effacer l'interminable absence.

Dans les semaines qui suivirent notre retour de Rome, seuls nous éloignaient le samedi et le dimanche, parfois le lundi, si la clinique la réclamait. Des journées entières, nous restions étendus sur le canapé-lit. Le soleil frappait doucement les vitres blanches. Je ne me tenais plus au courant des reprises de la Nouvelle Vague dans les cinémas du Quartier latin. Nous ne sortions plus. Nous ne bougions plus. Mayliss s'endormait sur moi. Je réglais mon souffle sur le sien. Je couvrais son dos avec le plaid. Les heures passaient. Seconde après seconde, nous devenions un vieux couple. Je connaissais chaque nervure dans la poutre du plafond, les irrégularités du plâtre, les traces d'un ancien dégât des eaux, vers la fenêtre. Le temps nous avait engloutis. Nous étions transparents excepté l'un pour l'autre. Il n'était plus question ni de traductions, ni de livres, ni de ma mère que je laissais à sa vie d'artiste.

Le jour finissait par lâcher prise. Je remuais à contre-cœur, c'était le signal. Mayliss ouvrait les yeux, les frottait à la manière d'une fillette surprise en plein sommeil. Puis elle prononçait cette phrase, toujours la même : « Aide-moi à partir. »

25

Les jours s'étaient mis à se ressembler. Ils s'écoulaient lentement dans l'immobilité de nos corps. Mayliss pesait sur moi, devenait chaque fois plus lourde. Je sentais contre ma poitrine le poids de nos frayeurs muettes, sa peur de rester, ma peur qu'elle disparaisse. Nous partagions l'amour à notre façon. Je pleurais ses larmes, elle riait mes rires. Je me souviens d'un matin où, sitôt arrivée, elle avait sombré dans un sommeil profond d'enfant malade. Son visage incliné dessinait un ovale parfait. J'avais réussi à me dégager doucement et l'envie de la photographier m'avait effleuré. Le Leica de mon père était posé sur un coin du bureau. Son boîtier était vide et, de toute façon, je n'aurais pas su enclencher la pellicule. Cela faisait partie des gestes que je n'avais pas appris, que je n'avais pas voulu apprendre. Jamais ne me serait venue l'idée d'imiter mon père. Il me semblait aussi que le viol d'une femme commençait par ces mots de photographe : « Ne bouge plus. »

Mayliss, ce jour-là, dormit à l'infini. La lumière avait amorcé sa décrue quand la veilleuse s'éteignit brusquement. Sur la petite chaîne que je m'étais décidé à installer, la musique s'était arrêtée. Je me levai sans bruit à la recherche du tableau électrique. Il se trouvait dans la cuisine. Je dus monter sur le plan de travail pour l'atteindre. En ouvrant le battant, je découvris que la niche avait été élargie et creusée en profondeur.

Une fois devant cette cache secrète, j'oubliai le remplacement des fusibles défectueux. Plusieurs boîtes de métal étaient empilées. Il régnait dans l'appartement un grand silence que traversait la respiration régulière de Mayliss. Allais-je découvrir des photos inconnues dissimulées ici par mon père, comme s'il avait espéré poursuivre le jeu avec moi ? J'entendis sa voix qui me disait : « Tu brûles ! » lorsque, enfant, je cherchais les œufs de Pâques qu'il avait pris soin de dissimuler avant mon réveil. Je finissais toujours par trouver. J'avais évoqué une fois ce souvenir avec Léon. Il avait conclu en souriant que le chocolat me motivait davantage que ma mère.

J'aurais dû m'en douter. Chacune des boîtes contenait les tours de magie de Jean Hector. C'était un amas de spots de toutes les couleurs, de bougies à double mèche, de pots de gélatine rouge pour cuivrer la lumière, ou bleue quand il s'agissait d'éclaircir les aubes. Une boîte était remplie d'ampoules trempées dans un bain d'aniline. Je savais que mon père s'en servait pour atténuer les intensités électriques. Une autre boîte contenait seulement une lampe à l'éclat réputé très puissant. Sur un morceau d'étiquette resté collé au socle, je vis qu'il l'avait utilisée sur le tournage de *L'Enfant sauvage*. Je dénichai encore quelques pellicules d'Agfacolor, il les réservait aux visages qu'il voulait adoucir de tons pastel, et aussi plusieurs sachets de poussière.

Cette trouvaille me déconcerta mais, quelques semaines plus tard, lisant son carnet de l'année 1976, je résolus l'énigme des petits sachets. François Truffaut avait demandé à mon père de le rejoindre en Normandie. Le plateau de *La Chambre verte* se situait dans une vieille maison bourgeoise dont il fallait exploiter le moindre recoin par souci d'économie. Mon père avait été surpris de découvrir l'étrange clarté qui imprégnait le grenier. Le jour s'étranglait dans une lucarne, mais les visages étaient resplendissants. Il demanda à rester seul sur place et, quand il ressortit, il avait compris que les particules de poussière voletant sous l'ouverture du toit étaient pareilles à des lucioles gavées de lumière. Dans son carnet de 1976, cette observation se traduisait simplement par ces mots : « poussière = lumière ». J'imaginai mon père vidant quelques poches d'aspirateur au visage des comédiens en leur promettant l'aura des étoiles.

Je remis à sa place l'attirail magique de Jean Hector et m'employai laborieusement à changer les fusibles. La nuit venait. J'aurais pu installer autour de Mayliss les bougies à double mèche et visser au plafond une ampoule baignée dans l'aniline. Mais, en revenant près d'elle, je restai interdit devant l'éclat roux de sa chevelure. « On n'éclaire pas un incendie », avait écrit mon père. Dans la pénombre du soir, les mèches de Mayliss brûlaient comme un brasier.

Il était très tard quand elle quitta l'appartement. Je savais qu'en la retenant je l'aurais perdue. Je gardai cette nuit-là l'image d'un fleuve rouge qui dévalait l'escalier de l'immeuble et se jetait dans la rue.

26

Au début du mois de décembre, Mayliss fut requise pour une conférence spéciale de l'Unesco à Bangkok. Elle m'annonça la nouvelle un matin. J'étais venu tôt au cabinet car, d'un commun accord, nous avions décidé de reprendre pied dans nos occupations.

Léon Walsberg manifesta sa joie de m'avoir retrouvé. Je fus surpris de découvrir que mon bureau était resté inoccupé en mon absence. Léon s'était arrangé pour installer le nouvel associé dans une aile des archives.

J'accueillis le départ prochain de Mayliss avec soulagement. Dans le duel à distance qui m'opposait à son époux, il me semblait que je prendrais l'avantage si Mayliss s'éloignait. J'envisageais de lui parler des nuits entières au téléphone. J'occuperais la ligne. Elle disait qu'elle ne se lassait pas de ma voix, que ma voix la soulevait, la soulageait comme ma main sur son ventre. Je la croyais.

Son départ était prévu un samedi après-midi. Je connaissais l'heure du vol, le numéro du hall de Roissy. Des informations inutiles puisque son époux possédait une puissante auto avec écusson, patte et agrafe neufs. La veille, nous avions fait l'amour comme on fait des provisions.

Le matin de son voyage, je récoltai sur le matelas quelques cheveux roux, une épingle à cheveux et aussi une boucle d'oreille fantaisie dont je me demandai si elle ne l'avait pas laissée exprès, comme la promesse qu'elle reviendrait. Vers midi, je partis déjeuner au Flore en l'Île. Il faisait doux pour la saison. Les promeneurs longeaient lentement le fleuve en suçant des sorbets. À une table voisine, un rire me fit tressaillir. C'était le rire de Mayliss dans la gorge d'une autre femme. L'avion pour Bangkok décollait dans moins de trois heures. J'eus envie de la voir. Il fallait que je la voie. Toutes ces heures passées à la serrer, à la respirer, à lire sa peau en braille, du bout des doigts et les yeux fermés, toutes ces heures n'avaient donc servi à rien. Je me croyais rempli de Mayliss, autonome pour plusieurs jours au moins. Je me trompais. Je n'étais pas amoureux. J'étais intoxiqué. Jean Hector avait-il connu ce vertige avec une des femmes qui hantaient son bureau ? Peut-être les avait-il collectionnées pour n'en aimer aucune et s'éviter de souffrir.

L'enregistrement des bagages commençait à peine lorsque j'arrivai dans la salle des départs à destination de l'Asie. J'avais dissimulé mes yeux derrière des lunettes de soleil un peu trop larges que Léon Walsberg m'avait prêtées, m'assurant qu'il en possédait une autre paire. Depuis notre retour de Rome, l'époux de Mayliss connaissait mon visage. Je ne voulais pas le provoquer. Mayliss ne risquait guère de m'apercevoir. Elle prétendait que sa myopie s'était aggravée depuis notre rencontre. Je l'aperçus au loin sur un banc métallique, près de la file des passagers. Assis près d'elle, son mari lui tenait les mains. Elle souriait dans le vide et il me sembla qu'elle me cherchait. Plus tard, apprenant que j'étais venu et que je m'étais approché à moins de dix mètres, elle jura qu'elle avait senti ma présence. Avec mes dents, j'avais laissé la veille une petite marque rouge à la naissance de son cou. Mais Mayliss portait un chemisier fermé au col et rien de moi ne semblait plus exister sur elle.

Ils s'embrassèrent du bout des lèvres. Mayliss partit seule vers la douane. L'époux s'éloigna sans hâte, se retournant jusqu'au moment où elle aurait disparu derrière les vitres fumées du contrôle. Il passa près de moi et je me surpris à respirer avidement l'air qu'il déplaçait, espérant et redoutant tout à la fois qu'il fût chargé du parfum de Mayliss. J'attendis l'heure du décollage. Certains vols pour l'Asie étaient parfois annulés ou retardés. Mais les écrans annoncèrent bientôt l'envol du Boeing qui emportait Mayliss. Je rentrai chez moi pour la retrouver. Jusque tard dans la nuit, j'écoutai la cassette que je m'étais confectionnée avec les messages qu'elle avait laissés depuis des mois sur mon répondeur. Tous commençaient par cette question : « Amour, tu es là ? »

27

Dix jours passèrent. Mayliss dépérissait à Bangkok. Je l'appelais chaque soir très tard. Il y avait de l'écho sur la ligne. Sa voix me parvenait avec un léger décalage. Parfois nos paroles se chevauchaient. Pendant quelques secondes nous n'osions plus rien dire de crainte qu'un mot de l'autre ne soit perdu. Un silence suivait et d'autres conversations en profitaient pour s'insinuer dans une langue incompréhensible.

Un soir, Mayliss m'annonça que sa décision était prise. Elle voulait prendre de la distance avec sa vie quotidienne, avec le mensonge. Un chauffeur l'emmènerait loin à l'intérieur du pays. La communication fut coupée comme je tentais de l'en dissuader. Je voulus la rappeler. La ligne sonna sans cesse occupée avant de s'interrompre complètement. Il était près de minuit. Bouleversé, je sortis quai d'Orléans et attrapai le premier taxi qui attendait au pied de Notre-Dame. Il me déposa à la poste du Louvre où les bureaux restaient ouverts toute la nuit. J'espérais, avec une bonne dose de naïveté, que les câbles du service public seraient plus coriaces que ma petite ligne de particulier pour renouer les liens avec la Thaïlande...

Lorsque je poussai les grosses portes vitrées, je constatai que la plupart des cabines étaient occupées. Des voix étrangères se mélangeaient. Entre les immenses façades de marbre gris on parlait l'arabe, l'italien, l'argentin. Quelquefois un mot se détachait, « *andiamo* », « *meine Liebe* ». C'était l'heure des pères de famille qui appelaient au pays, des amoureux berçant une fiancée. Certains se contentaient d'écouter une voix dans le combiné. Ils fermaient les yeux et semblaient endormis, émettant çà et là un grognement pour signifier sans doute qu'ils étaient encore au bout du fil. D'autres criaient, redoublaient de paroles : chaque unité devait porter son comptant de bientôt, de toujours. D'autres encore souriaient, imaginant que leur interlocuteur pouvait voir leur visage, et s'ils parlaient à de tout jeunes enfants, leur timbre s'adoucissait comme celui du loup face aux sept biquets.

À intervalles réguliers, les portes s'ouvraient sur des visiteurs au teint pâle serrant entre leurs doigts une lettre qu'on devinait écrite dans l'urgence. Rien n'était plus pressé que cette missive à jeter sans attendre au fond d'une boîte. La poste du Louvre était connue pour sa levée nocturne, la seule de tout Paris, la seule au monde, peut-être.

À mesure qu'on s'enfonçait vers le petit matin, les conversations se faisaient plus lentes. On chuchotait. Les amours planétaires prenaient leur temps, les fuseaux horaires s'estompaient, s'enlaçaient. Il n'existait plus ni jour ni nuit, seulement des voix qui se caressaient à distance par-dessus les mers et les montagnes, par-dessus la peur de se perdre.

J'avais demandé le numéro de Mayliss à Bangkok, mais il fallut patienter. Des hommes tenaient conciliabule à propos de séries éditées par Monaco ou Andorre. La rumeur philatéliste enflait, on s'échangeait des Saint-Pierre-et-Miquelon, les « enveloppes premier jour » d'un lancement réussi d'Ariane à Kourou.

Derrière moi se dressait un mur entier de boîtes postales. J'essayais de me représenter les détenteurs de ces adresses chiffrées. Je me figurais des hommes d'affaires ou alors ces professionnels du secret qui peuplent les romans d'espionnage. Bien des amants devaient s'envoyer ici des lettres clandestines qui dormaient des semaines entières, des années parfois, en attendant leur destinataire. Il arrivait forcément que certaines ne soient jamais ouvertes. Des accidents survenaient, des imprévus, des règlements de comptes et des ruptures. La façade métallique m'apparut soudain comme un éboulis de souvenirs inutiles. J'étais fatigué.

Vers trois heures du matin, la ligne sonna libre. Mayliss était sûre que je réussirais à l'appeler. Elle m'attendait. Lorsque je raccrochai, le jour se levait. Des risées de lumière arrivaient de la rue, bleutées comme les flammes des bouteilles de propane que mon père utilisait sur les tournages à petits moyens de ses débuts. À Mayliss, j'avais dit : « Reviens. » Elle avait répondu par le plus bouleversant des mots murmurés cette nuit-là dans le babel du Louvre : « D'accord. »

28

À l'aube du lendemain, elle reparut dans une robe de soie achetée à une vieille Chinoise sur un marché de Bangkok. Léon Walsberg m'avait prêté son auto et j'étais allé cueillir Mayliss à Roissy. Son mari et son fils ne l'attendaient que dans huit jours. Ils étaient partis en Touraine chez des amis. Nous avions des heures devant nous, et des nuits.

Comme je longeais le Luxembourg en voiture, filant vers l'aéroport, un type éméché avait jeté un caillou contre la vitre du passager. Aucun garage n'aurait pu la remplacer dans un délai raisonnable. D'une main tremblante je m'étais mis à ramasser les éclats de verre sur le siège. Dans ma hâte à tout nettoyer, je m'étais écorché les doigts. Cet incident me parut un mauvais présage. Je redoutai que rien ne se déroule comme prévu, que Mayliss ne soit pas dans l'avion, ou que son mari, prévenu par un sixième sens, l'attende, sur le pied de guerre. Elle se présenta pourtant à l'heure, et seule, chassant d'un coup mes angoisses.

Le temps était doux ce matin du retour de Mayliss. Je

veillai à rouler lentement pour que l'air ne gifle pas son visage. Elle ferma les yeux, la tête inclinée sur le côté. Depuis Roissy, j'avais navigué au hasard pour retrouver Montparnasse. Au téléphone, Mayliss m'avait dit vouloir dormir dans un hôtel avec un jardin. Je n'en connaissais aucun à Paris. En feuilletant un guide, je m'étais arrêté sur un établissement ancien de la rue Cassette, près de la place Saint-Sulpice. La photo montrait une cour intérieure entourée de lierre, de jacinthes et d'arums.

Nous arrivâmes au Châtelet. Mayliss posa sa tête sur ma cuisse. J'évitai de manœuvrer le levier de vitesse. Je sentis son souffle sur ma main. Je caressai ses cheveux emmêlés qui sentaient l'amande douce et les parfums de l'Orient. Elle s'était recroquevillée contre moi. Je demandai si elle avait froid. Elle dormait.

Le portier de l'hôtel m'aida à descendre ses bagages. Mayliss avait emporté un sac de toile et une valise couleur crème à clous dorés. Nous traversâmes un salon. De grosses lampes ventrues jetaient leur lumière sur des tables basses et vernies où s'étalaient plusieurs exemplaires de l'*International Herald Tribune*. Nous n'étions plus à Paris. J'avais rejoint Mayliss au bout du monde. Un bruit de cascade monta jusqu'à nos oreilles. Une vasque de pierre trônait au milieu d'un jardin. Une verrière chauffée permettait aux clients de l'hôtel de déjeuner en extérieur. Le jardin était protégé par de hauts murs recouverts d'un lierre touffu, comme sur la photo du guide. Notre chambre était de plain-pied. Je fermai les volets. On entendait toujours le léger murmure de cascade. Mayliss se déshabilla. Elle enfila seulement une veste de pyjama avant de se rendormir contre moi. La chambre était plongée dans une demi-obscurité.

Les volets fendillés par endroits filtraient une lumière très pâle, la même qui baignait certains films de la Nouvelle Vague à l'époque où mon père réglait les éclairages avec des lampes à quartz. La musique rassurante de l'eau baignait le sommeil de Mayliss. À mon tour je m'assoupis.

C'est sa voix qui me réveilla. Elle parlait à quelqu'un au téléphone. « Il est là, disait-elle. Nous aurons des enfants, plein d'enfants... Ils auront des lunettes comme lui. Comme Woody Allen. » Elle riait. « Je t'embrasse. Oui, très heureuse. » Puis elle raccrocha. À qui parlait-elle ? Ses yeux brillaient comme ceux d'un chat dans les phares d'une auto, la nuit. Dehors, les clients prenaient leur petit déjeuner. On entendait leurs voix feutrées, des froissements de journaux et de pages qui se tournent dans un courant d'air. Mayliss m'attira vers elle. Je révisai ma géographie, les minuscules taches rouges d'un sein, la Corse et la Sardaigne.

On frappa à la porte. Mayliss remonta le drap sur elle d'un geste vif. Je me levai. La femme de chambre voulait arranger le lit. Je lui fis savoir que c'était inutile. Elle demanda si nous voulions boire ou manger quelque chose, avant la fermeture du service. Il serait bientôt dix heures. « Des biscottes et de la confiture, du thé et une orange pressée », souffla Mayliss. Nous avions laissé les volets fermés. Le plateau du petit déjeuner nous fut apporté. Puis plus personne ne revint. Je somnolai contre le ventre de Mayliss, en réparation des heures sans sommeil passées à l'attendre ou à lui parler au téléphone des nuits entières, de Paris à Bangkok.

Le temps coula lentement. Dehors, l'obscurité enveloppait le jardin. Le silence amplifiait le bruit de l'eau sur la pierre. En repoussant un volet j'aperçus la lune, très haut dans le ciel pur. Dans le salon, un mini-orchestre jouait des airs lents. Seul au monde, un couple dansait. Mayliss murmura quelques mots. Elle voulait savoir si j'étais à elle. Je répondis oui. Nous étions l'un à l'autre, l'un contre l'autre, l'un dans l'autre, corps battants. Où avais-je lu qu'un cœur humain peut battre quatre milliards de coups dans toute une vie ? J'aurais voulu que celui de Mayliss ralentît. Un tambour s'emballait contre moi. Mayliss se consumait comme une mèche.

29

Le lendemain matin, elle décida :

— Partons à la maison.

— Quelle maison ?

— Chez moi.

— Mais ce n'est pas la maison ! répondis-je.

Mayliss soupira.

— Je voudrais que chez moi devienne chez nous.

Il aurait fallu refuser.

Nous arrivâmes un peu avant midi. Elle entrouvrit les volets puis se jeta sur le piano qui trônait au milieu du salon.

— J'ai faim de musique ! s'écria Mayliss.

J'évitai de fixer mon regard sur les choses. Je ne voulais pas voir le cadre sur la cheminée de marbre, avec le visage de son mari. Je ne voulais pas voir ses chaussures dans l'entrée, sa veste de chasse, sa raquette de tennis. Je ne voulais pas voir leur lit par une porte entrebâillée. Je ne voulais pas voir la vie quotidienne de Mayliss lorsqu'elle me quittait pour revenir ici. Pourtant je vis tout cela et mille autres détails pendant que le piano grondait.

— Dors, si tu veux, lança-t-elle en désignant le canapé.

J'obéis comme un automate. Je délaçai mes souliers. Il fallait tenter des gestes ordinaires. Je m'étendis d'abord en chien de fusil puis de tout mon long, les yeux plantés au plafond. Au milieu de cette blancheur, je ne risquais pas de tomber sur la montre du mari abandonnée sur un plateau d'argent, une montre à gros cadran avec les heures en chiffres romains. Le plafond se fissurait par endroits. Quelques toiles d'araignée pendaient dans les coins. Un lustre se balançait légèrement, était-ce le souffle de Mahler ou l'effet de nos respirations ? Je reprenais un peu de contenance. Mon père examinait toujours les plafonds, avec l'espoir d'y installer ses spots ou ses lampes pinceaux. Enfant, il m'avait emmené aux studios Georges-Méliès de Montreuil. J'ai gardé le souvenir de la verrière cassée qui laissait le jour couler à flots. Aux yeux de Jean Hector, un plafond était une source possible de clarté. Comme lui, j'y voyais mieux le nez en l'air.

Sur le côté, une poupée de tissu au visage de porcelaine tenait au mur par une suspension de fils noirs. Elle m'observait d'un air absent. Je pensai qu'en demeurant dans cette maison, en délaçant mes souliers trop souvent, je finirais en trophée de ce genre. Je voulus partir. À cet instant Mayliss vint sur moi et posa sa bouche sur la mienne avant de se redresser.

— Tu ne vas pas me faire l'amour ici ? demanda-t-elle d'un ton inquiet.

Après, elle se tut, les yeux clos, la lèvre gonflée à nouveau de sa petite éminence fiévreuse. *Les tigres sont plus beaux à voir.* Ce titre me traversa l'esprit. Comme elle était belle, en tigre roux acharné au plaisir. La poupée de tissu nous surveillait. Il m'arrive encore la nuit de serrer dans mes bras le souvenir de Mayliss. Mais c'est une fiancée de faïence que je vois, le regard vide de cette poupée sans nom. Et aussi les petites cicatrices coupant le ventre et les poignets de Mayliss, comme une femme à déchirer suivant les pointillés.

30

Son mari finit par rentrer de Touraine avec leur petit garçon. Mais cette vie dangereuse ne cessa pas car Mayliss aimait avant tout jouer avec le feu. Le soir, je quittais la maison du Kremlin-Bicêtre avant leur retour. Mayliss demandait : « Tu reviendras demain ? » Mon instinct disait « non ». Ma bouche disait « oui ». Mon cœur disait « oui ». Mon ventre disait « oui ». Mes mains, ma peau, mon sexe, tout répondait « oui, oui, oui ». Je venais. Je revenais. Et s'il m'arrivait encore d'interroger Mayliss sur notre future vie commune, elle lançait comme une évidence : « Pourquoi viendrais-je, amour, puisque tu es ici ? »

J'étais chez moi. Seulement le jour. Aux heures de travail de son mari, aux heures d'école de son fils. Mises bout à bout, toutes ces heures auraient pu faire une vie. Une drôle de vie. Mayliss me voulait à disposition, à portée de main. J'étais une touche supplémentaire de son piano, une note très personnelle, un fantôme aussi puisque nul ne pouvait me voir, d'ailleurs me voyait-elle vraiment ? Nous avions établi un code entre nous. Le matin, je quittais l'île Saint-Louis pour Le Kremlin-Bicêtre. Puis je téléphonais d'une cabine. Si le répondeur se déclenchait, cela signifiait qu'il était là. Qu'il renâclait. Qu'il résistait. Qu'il jouait la montre à chiffres romains, les heures blessantes, les heures qui tuent.

J'achetais un journal. Je buvais un café. Je sentais mon cœur battre partout sous ma peau, et pas seulement dans la région du gril costal. De petites gouttes de sueur perlaient à mon front, au-dessus de mes lèvres. Je composais de nouveau le numéro de Mayliss. À la première sonnerie, mon sang refluait. Il y aurait bientôt son visage sans maquillage, juste un peu de poudre météorite au coin de ses yeux. Il y aurait l'amour sur le canapé, ses reflets tigrés, mon existence de fantôme, le silence complice de la poupée. Et d'abord sa voix diaphane qui donnerait le signal : « Viens. » Un jour, le répondeur demeura branché la matinée entière. J'avais regagné l'île Saint-Louis. Plus tard, elle m'avait appelé. Ayant décelé la nature de nos liens, son mari menaçait de se tuer. C'était une bonne raison pour ne pas répondre au téléphone.

De longues journées s'écoulaient ainsi. Mayliss vivait dans la froide compagnie des miroirs. Ils tapissaient les murs de son salon mais elle évitait de se regarder. Elle prétendait qu'elle s'y voyait vieillir. Elle disait : « D'une minute à l'autre je serai vieille. » Sa grande affaire, c'était la mort. Mayliss n'avait aux lèvres que des destins brisés, Adèle Hugo, Virginia Woolf, Martin Eden, tous ces êtres qui n'avaient paru vivre que pour hâter l'heure de mourir. Elle souffrait de l'incurable maladie du malheur qui pousse certaines femmes à vouloir toujours être ailleurs qu'à l'endroit où elles sont. Elle recherchait les lectures dangereuses. Si je lui demandais lesquelles,

Mayliss citait cette phrase d'un écrivain oublié : « Mon livre de chevet fut longtemps un revolver. »

Elle promenait à travers les pièces sa voix crépusculaire et ses silences et ses chagrins. Les journées s'étiraient sur un fil prêt à rompre. « J'ai des poignards dans la tête », disait-elle à l'instant de me pousser dehors. Je réclamais un sursis. Elle appelait son mari : « Chéri, passe acheter du pain, récupère le petit à l'étude. » Nous avions gagné vingt minutes, peut-être plus. Elle se serrait contre moi, nous commencions nos menus adieux. Puis je m'écartais. Je restais immobile devant elle en me retenant de la toucher. Je la regardais. J'assistais à Mayliss comme on assiste à un spectacle, au bis de l'artiste avant le tombé du rideau. Je rentrais chez moi, titubant.

Souvent je fus tenté de m'arrêter au commissariat du Kremlin-Bicêtre, à cause de l'inscription sur la plaque d'émail vissée contre la façade : « Secours aux blessés ». Certains matins, redoutant le répondeur, j'évitais d'appeler. Je reprenais des lettres anciennes de Mayliss, des billets où elle m'avait fixé rendez-vous place des Vosges ou sur une pelouse du Luxembourg. J'accourais à l'heure convenue avec le mot en poche, certain de ne pas la trouver ce jour-là. Je restais seul sur un banc, paisible, et c'est dans cette solitude, au plus profond de l'absence, que je me sentais le plus près d'elle. Puis, n'y tenant plus, mes mains réclamant ses mains et ma peau sa peau, je sautais dans un métro pour Le Kremlin-Bicêtre, furieux de tant de faiblesse, heureux qu'il ne soit pas trop tard pour pousser la porte de ce quasi-chez-moi.

Chaque matin de ce temps-là, je m'exerçais à étirer mes sourcils pour chasser la ride verticale qui divisait mon front, une blessure comme le fil de l'épée de

Damoclès ou la tranchée de Roland à Roncevaux. Je me dévisageais avec suspicion. Ressemblais-je à Haydée Politoff, à Anouk Aimée du temps de *Lola* en danseuse de cabaret (« Lui, c'est un accident ? » demandait l'amant en parlant du petit garçon blond. « Si on veut », répondait Lola. « Dis, maman, je l'aurai ma trompette ? » s'inquiétait l'enfant). J'avais un faux air de tant de comédiennes que je finissais par avoir l'air complètement faux.

Mes dernières affaires avaient donné satisfaction à Léon Walsberg. Du moins me l'avait-il laissé croire. J'étais devenu moins précis, trop dilettante, je le savais. J'avais sollicité un congé pour tenter d'avancer mon livre. Léon avait accepté sans enthousiasme, comme on accorde un sursis à un condamné.

Il y eut ce jour où la force nous manqua pour nous séparer, Mayliss et moi. Des heures entières avaient filé dans un bain de musique et de caresses. Les notes fondaient sous ses doigts. Je me souviens d'une sonate de Beethoven, de la plainte essoufflée d'une flûte indienne, de la nuit qui s'accrochait aux fenêtres. Je m'attendais que l'époux franchisse la porte d'entrée avec le petit garçon. Il nous aurait trouvés las et enlacés.

Ce soir-là, avec les manœuvres de Mayliss pour retarder le retour de son mari, nous étions restés imprudemment soudés et nus, amants comme des aimants. Mais le drame nous épargna tous, comme un orage qui n'éclate pas et laisse après lui les cœurs encore plus lourds de n'avoir pas saigné. Enfin dehors, je longeai le trottoir de sa rue. Les lampadaires étaient rares, leur lumière avare. Devant moi surgit une silhouette, puis une autre plus petite. Le mari et l'enfant rentraient chez eux. Dans la nuit, le blanc de leurs yeux, le brillant de leurs yeux. Ils rentraient retrouver Mayliss. Elle m'aurait caché dans les oubliettes de ses yeux, elle aurait effacé mon odeur et mes mots. L'homme passa son chemin. Il n'eut aucun regard pour moi. Son amour pour Mayliss dépassait de loin son amour-propre.

31

Je vivais à l'envers de la vie. Le soir, à peine rentré au studio de la rue Budé, je rattrapais le temps perdu à ne pas lire, à ne pas travailler, à ne plus téléphoner à aucun de mes amis, à ne rien manger ou si peu. Je prenais un film en cours de route. Je tombais au hasard sur un journal de la nuit. Le monde tournait sans moi. J'étais sans cesse décalé, incapable de reprendre à leur début le fil des choses. Sans quitter Paris, j'avais changé de fuseau horaire. Mes nuits étaient blanches et les jours avec Mayliss s'enfonçaient doucement dans le noir. Je ne suis pas certain que mon père aurait apprécié ma conversion très personnelle au noir et blanc. Après tout, c'était mon affaire.

Si je pense à cette époque encore proche, je me vois en toxicomane. Mon unique envie s'appelait Mayliss et j'aurais préféré mourir plutôt que cette envie ne me quitte. Nous fermions les volets de sa maison, collés l'un à l'autre dans le canapé de son salon, nous mélangions mains et rêves, mes mains légères sur elle et ses rêves pesant sur moi. Si nous avions faim, elle coupait une pomme à l'équateur et me laissait d'abord admirer l'étoile formée par les pépins. À travers les volets, des lames de soleil étincelaient contre la lame de son couteau. Elle dégageait consciencieusement chaque pépin qu'elle croquait en grimaçant. C'est ainsi qu'elle m'initia à l'amertume des pépins de pomme, à la faible dose de cyanure qu'ils renferment. Depuis Ève, Mayliss était sans doute la première femme à braver le danger contenu dans le fruit défendu.

Nous retombions dans la torpeur. Des images défilaient, pareilles à des songes éveillés. Je traversais seul une très longue allée dans un jardin à la française. Des gens conversaient, assis sur des bancs. Je les avais connus autrefois, quelque part, loin dans mon enfance. À mon passage ils s'interrompaient et me regardaient avec réprobation et sévérité. J'essayais de leur parler mais aucun mot ne sortait de ma bouche. Je m'éloignais. Ils reprenaient leurs conversations comme si de rien n'était. D'autres visages apparaissaient, des amis perdus de vue, la silhouette d'une femme aux traits incertains, était-ce Anouk Aimée, Anna Karina, Françoise Dorléac ? Elles s'adressaient à moi. Je n'entendais rien. J'ouvrais les yeux et je devinais dans la pénombre un masque de porcelaine. C'était la poupée de tissu avec l'expression de Mayliss. Tout mon être était imprégné de son parfum. Je sentais Jardins de Bagatelle comme la tranche de *Salammbô*, le jour où elle me l'avait offert. J'étais devenu un objet de la maison, semblable aux bouquets de fleurs qu'elle laissait sécher dans de grands vases sans eau avant de les accrocher au mur la tête en bas. Il était l'heure de partir. Il faudrait songer à ne pas revenir.

Dans le métro qui me ramenait à la vie, d'autres images gagnaient mon esprit. De vieux couples marchaient à ma rencontre, un sourire pâle aux lèvres. Ils allaient si lentement que j'avais tout mon temps pour les observer. Je cherchais sur eux le signe d'une ancienne passion dont ils avaient guéri. Puis je m'adressais à un couple au hasard : « Comment avez-vous réussi ? Où donc s'en vont la souffrance, le manque, l'envie de mourir ? » S'ils demeuraient sans réaction, toujours avec ce petit sourire éteint, je leur décrivais Mayliss et surtout le regard de Mayliss. J'insistais : « Qu'est-ce que vous feriez, vous, d'un tel regard ? » Enfant, lorsque j'étais forcé de suivre mon père sur un tournage, il me signalait le danger pour les yeux des arcs à charbon. « Pas trop près », me lançait-il, sans que je sache jamais très bien s'il voulait que je m'éloigne de lui ou de la lumière, tant les deux avaient fini par ne faire qu'un. Entre deux stations de métro, je pensais à Mayliss en me répétant les mots de Jean Hector : « Pas trop près. ». Je tirais d'une poche mon loup d'avion de la compagnie Iberia. Mais sous l'étoffe sombre brillait encore l'aveuglant regard de Mayliss.

32

Un matin rue Budé, je décidai que je n'irais plus là-bas. Je restai dans mon lit. Il n'y avait rien à manger. Vers midi, je m'assis sur le tabouret de la cuisine et cassai de vieilles noix contre la vitre, comme Charles Bronson dans *Le Passager de la pluie*.

33

C'était le début du printemps. Je commençai par lire une nouvelle de Simenon qui s'appelle *Touriste de bananes*. Puis une autre dont j'ai oublié le titre, une histoire de péniches et de noyé dans un canal. Enfin je lus *Maigret s'amuse* et *L'Affaire Saint-Fiacre*. Quand l'envie me traversait d'appeler Mayliss, je me cramponnais à l'intrigue. Maigret tendait ses pièges lentement. J'appréciais cette lenteur. Je glissais à mon tour parmi les silhouettes indéfinies de Simenon, flottant à l'intérieur de moi-même. À ne pas répondre au téléphone qui sonnait sans cesse, je devais avoir quelque chose à me reprocher. Mayliss s'inquiétait. Qui d'autre qu'elle aurait insisté de la sorte ?

Je finis par débrancher la prise de l'appareil. Maigret avait raison. Le tueur se trouvait dans cette pièce. J'étais en train de tuer une passion en appuyant fort ma tête contre l'oreiller. Il fallait de la méthode. Je pensais : Mayliss est pendue au téléphone. Je voyais un corps inerte au bout d'un fil. C'était contagieux d'aimer une amoureuse de la mort. Maigret voulait savoir si je pouvais justifier de mon emploi du temps. J'avais plongé dans un état second. Des détails incongrus surgissaient. Je distinguais nettement les petits vaisseaux éclatés le long des jambes de Mayliss, pareils aux affluents d'une rivière souterraine. Mon mal était géographique. J'avais cartographié Mayliss au millimètre. Il me faudrait plus d'une journée pour guérir, peut-être un siècle.

Simenon me laissait de quoi voir venir. Je possédais ses œuvres complètes, le seul héritage signé de mon père, avec des annotations dans les marges de *L'Aîné des Ferchaux*, dont il avait été le chef opérateur, lors de l'adaptation au cinéma. Dans *La Marie du port*, il avait souligné cette phrase minuscule qui lui ressemblait : « On allume toujours les lampes trop tôt. » J'ignore combien de temps dura mon sevrage. Un jour, je rebranchai mon téléphone. Aussitôt il sonna. Je me sentais fort. « La vérité, c'est que tu ne peux pas vivre sans moi », soutint Mayliss. Je répondis : « Alors la vérité n'est pas vraie. » Je me sentais vraiment fort. Une heure plus tard, j'échouai au milieu de son salon. La poupée de tissu jetait un regard plus vide que jamais. Ce fut ma première rechute. Il faisait encore jour mais les lampes propageaient déjà leur lumière triste.

34

L'avion survolait la baie des Anges. Dans un carnet de mon père, j'avais trouvé de vagues indications qui auraient pu me mettre sur la piste maternelle. En réalité, j'avais pris ce prétexte pour m'arracher à Mayliss. À l'aéroport, j'attrapai le premier taxi et demandai la Victorine. Le chauffeur me regarda dans son rétroviseur.

— Vous êtes de la télévision ?

— Non. Je viens voir à quoi ressemblent les studios.

— Alors vous allez être déçu !

J'avais baissé la vitre. À Nice, c'était déjà l'été.

— Là-haut il n'y a plus rien, poursuivait le bonhomme. Ils ont tout enlevé depuis un bail et maintenant ils font de la télé pas chère. Vous êtes sûr que vous voulez monter ?

— Sûr.

— Première fois ici ?

— Oui.

— Vous voulez la route de Shanghai ou on y va direct ?

La route de Shanghai. Je connaissais cette expression, mais elle venait de si loin que je mis un certain temps avant de réaliser. Mon père l'employait. Peut-être l'avait-il apprise à Nice, dans un de ces taxis amateurs d'embrouilles. Quand nous arrêtions ensemble un taxi parisien, avant qu'il succombe à l'attrait d'une voiture avec chauffeur, il donnait sa destination puis ajoutait dans un même souffle, péremptoire : « Évitez surtout la route de Shanghai. » C'était sa manière de signifier au chauffeur que le plus court chemin serait le meilleur.

—Va pour la route de Shanghai, si elle passe par la Promenade des Anglais, répondis-je.

Le bonhomme acquiesça, heureux d'arrondir le montant de sa course. On fila devant le Negresco et le Casino Ruhl jusqu'au château avant d'effectuer un demi-tour pour repartir en direction de la Victorine. Qu'avais-je lu de si palpitant dans le carnet de Jean Hector ? Pas grand-chose. Simplement la mention d'un séjour aux studios de Nice au printemps 1964, précédée de cette note : « *réserver chambre pour deux* ». À ma connaissance, mon père n'avait indiqué nulle part ailleurs un déplacement en couple. Mais j'ignorais dans quel hôtel il était descendu. Et qui gardait des registres vieux de plus de trente ans ?

— Nous y sommes, lança le chauffeur de taxi en stoppant devant une grille. Vous feriez mieux de regarder dans cette direction.

Il désigna la masse bleue de la Méditerranée qui se profilait par-dessus les toits.

— J'irai plus tard, promis-je.

— Dépêchez-vous, ils arrêtent tôt la visite, surtout hors saison.

Je réglai puis sortis d'un pas léger. D'ordinaire à cette heure-ci, j'étais le jouet obéissant de Mayliss. Même s'il n'y avait rien à voir à la Victorine, ce rien était déjà quelque chose.

Le chauffeur avait raison. L'ancien haut lieu du cinéma n'était plus qu'une suite de hangars. La piscine avait été démolie. Les décors de *Boulevard du crime* survivaient seulement sur une grande photo murale, dans le hall du bâtiment d'accueil. Le reste était privé de vie. Dans une aile éloignée, des panneaux indiquaient le tournage en direct d'une émission de divertissement. C'était pour cela que le chauffeur m'avait pris pour un gars de la télé. Un gardien que je n'avais pas remarqué vint à ma rencontre, suivi d'un vieux chien rongé d'arthrose.

—Vous ne pouvez pas aller plus loin, fit l'homme d'une voix éraillée. La direction a donné des consignes.

Il s'approcha jusqu'à souffler sur moi son haleine chargée du dernier apéritif. Il pouvait avoir cinquante ou soixante-dix ans, comme si la fréquentation assidue des comédiens lui avait appris à dissimuler son âge, ou à les avoir tous. Il ressemblait à son chien, surtout le regard. Sa joue droite était traversée par une ride profonde semblable à une balafre. Il me fit l'effet d'un bon bougre qui ne demanderait pas mieux que d'être confessé, à condition qu'on y mît les formes, c'est-à-dire le temps et la dose de pastis.

— Il fait chaud chez vous, commençai-je pour amorcer le dialogue.

— Parisien ?

— Oui.

Le chien couinait un peu.

— Bon, Cary, on y va. C'est qu'il se fait vieux. Marcher au soleil, ça ne lui réussit pas. Vous l'auriez vu dans le temps. Des visiteurs demandaient *Les Enfants du paradis*, et Cary les emmenait à petites foulées, je n'avais pas à bouger de ma chaise. Je lui avais appris tous les noms des films et les lieux des studios. *Lady L* de Peter Ustinov, c'était le troisième préfabriqué dans la dernière allée. La piscine de *La Nuit américaine* de François Truffaut, c'était après le transformateur, sur la butte. Pour *La Main au collet* d'Alfred Hitchcock, tournez à gauche devant la piscine, longez le *Boulevard du crime* et vous y êtes... Enfin, vous y étiez. Après, ils ont tout fichu par terre et maintenant Cary est bourré d'arthrose. Pour être précis, celui-là c'est Cary VII. Il y en a eu six avant lui, je leur ai tous donné le prénom de Cary Grant, j'ai même sa photo avec leur aïeul dans ses bras, une petite boule de poils, à l'époque. Venez donc à l'ombre, on va attraper la mort, ici.

Je n'avais pas remarqué sa légère claudication, qu'il atténuait grâce à une canne tournée dans une bille d'olivier. Il marcha devant moi avec sa démarche étudiée de Charlot qu'il avait dû parfaire avec les années, en cabot malin répétant pour la galerie ses plus vieux tours. Il m'accueillit dans sa cahute dont les murs étaient tapissés de souvenirs avec Fernandel, Raimu et Tino Rossi.

— Qu'est-ce qui vous intéresse, ici ? demanda-t-il.

En guise de réponse, je sortis une photo miniature de mon père tirée par le Studio Harcourt. Il la prit entre ses mains et s'abîma dans un long silence. Puis il hocha la tête en connaisseur.

— J'ai déjà vu cette tête-là, conclut le gardien. Mais ça remonte à au moins vingt piges.

— Au moins, oui.

— Attendez voir. Jean Hector, c'est ça. Le chef op. Un fortiche de la lumière, je brûle, n'est-ce pas ?

— C'était mon père.

L'homme me dévisagea minutieusement.

—Vous ne lui ressemblez pas, bougonna-t-il, l'air sceptique.

— J'ai tout pris de ma mère, fis-je en espérant éveiller chez lui une réminiscence.

— J'ignorais que Jean Hector était marié. Il venait ici souvent, mais pas toujours avec la même fille, je dis pas ça pour vous faire de la peine. D'ailleurs, c'était professionnel. Il recherchait des doublures lumière et ça changeait tout le temps selon la star du moment. Parfois il me disait : Jeannot, trouve-moi une fille qui ressemble à Catherine Deneuve, ou à Jeanne Moreau, ou à Romy Schneider. Pensez si c'était facile ! Je me payais toutes les terrasses du cours Saleya pour dénicher l'oiseau rare.

— Des doublures lumière ? demandai-je sans cacher ma surprise.

— En ce temps-là, les chefs opérateurs mettaient des plombes à régler leurs éclairages. Les vedettes n'avaient pas envie de poireauter pour savoir si la lumière tomberait pile sur elles. Alors on cherchait des doublures qui ne leur ressemblaient pas forcément de visage, mais de silhouette. Souvent les grandes stars avaient leur doublure lumière attitrée, des comédiens de seconde zone qui espéraient un jour passer de l'autre côté du miroir. Mais il arrivait qu'on recrute des doublures sur place, au débotté. Je pourrais vous citer pas mal de films où les scènes de pénombre ne sont pas tournées par le comédien lui-même mais par son double.

Comme le gardien poursuivait dans ses longues explications, trop heureux de bénéficier d'un auditeur captif, ma pensée se mit à vagabonder. J'imaginais mon père avec de jeunes créatures à qui il promettait de devenir demain des étoiles du grand écran. Il les sélectionnait selon leur apparence, la chevelure de Catherine Deneuve, la carnation d'Anouk Aimée, la démarche d'Anna Karina.

—Vous dire où Jean Hector descendait quand il venait à Nice, j'en serais bien incapable, regretta l'homme qui répondait au surnom de Jeannot. Mais je vais vous montrer quelque chose qui peut vous intéresser. Suivez-moi.

Nous sortîmes sous le soleil. Il se dirigea d'un pas heurté vers un hangar de tôle noire qui semblait avoir échappé au saccage du site. Le chien nous suivait en soufflant.

— Pas trop vite, Cary ! cria mon guide. Tu vas les renifler, tes vieilles odeurs, sois tranquille.

Puis, se tournant dans ma direction :

— J'y emmène plus jamais personne. C'est comme une sorte de débarras, un bric-à-brac du passé. Les gens veulent seulement voir les plateaux de télé. Ils n'imaginent pas tout ce qui s'est tourné ici avant. C'est malheureux, la perte de mémoire, à croire que l'Alzheimer est une maladie contagieuse. La Victorine, ça ne dit plus rien à personne. Entrez.

Il avait poussé une grande porte coulissante dans un fracas de métal. Il me fallut quelques secondes pour m'habituer à l'obscurité. Des formes sombres occupaient tout l'espace. Une armée de lampes cyclopéennes montées chacune sur un trépied d'acier.

— Ce sont des lentilles de Fresnel, déclara fièrement Jeannot. Des vestiges des studios. Les premières sont arrivées ici avant moi, au début des années trente. Certaines ont encore servi pour *La Nuit américaine*. Votre père ne jurait que par ces monstres. Je m'en souviens bien. Il venait le soir astiquer lui-même la grosse loupe de verre avec ses stries en spirale, comme s'il avait été hypnotisé par leur lumière. Il s'y connaissait. Je le revois vérifiant qu'elles venaient toutes de chez Cremer, en Allemagne. À ses yeux, c'était le seul fabricant valable. Vous pouvez approcher.

Une émotion inattendue me submergea. Ces lampes dressées devant moi, avec leur carlingue de tôle et leur manivelle dépolie, restituaient la présence de mon père. Le gardien alluma la rangée de devant. Tour à tour une dizaine de lunes joufflues s'illuminèrent, énormes.

— Reculez un peu, sinon vous allez cuire. Vous comprenez pourquoi il fallait des doublures lumière. Chaque lentille filtrait dix mille watts, de quoi bronzer en pleine nuit, je vous jure !

Lentement je fis le tour de ces objets hors du temps qui avaient dû éclairer tant de visages et de rêves. Jeannot continuait de parler mais je ne l'écoutais plus. Parfois un nom s'imprimait à la surface de ma conscience, Erich von Stroheim, John Huston, Delphine Seyrig, qu'il prononçait « Seyrigue » avec un fort accent méridional. La lumière débordait de partout, illuminait les ailes à claire-voie de la machine prévues pour la ventilation. Cela commençait à chauffer sérieusement, surtout lorsque Jeannot mit en route la seconde rangée de lampes. Comme sur les photos de classe, les plus petites avaient été disposées devant, les plus grandes au fond. De part et d'autre de ces grosses têtes rondes étaient vissées des poignées de bois. Une lentille de Fresnel reposait à même le sol, détachée de son pied. En m'approchant, je sentis un souffle brûlant le long de mes chevilles. Je me mis à actionner lentement une manivelle. Le faisceau lumineux avança en se dilatant.

— Ils avaient prévu un chariot pour les travellings, fit le guide.

Le métal vibrait, la lumière sortait par toutes les issues, sur les côtés de l'appareil, comme des éclaboussures d'étincelles. On aurait cru un être vivant. Je sentais sa respiration, une haleine de sirocco. La ferraille montait en température tel un coucou d'autrefois à l'instant du décollage.

— C'est beau, n'est-ce pas ? demanda Jeannot, assuré de ma réponse.

J'acquiesçai sans un mot. Le gardien n'insista pas. Nous revînmes sur nos pas jusqu'à son repaire.

— Pensez, dit-il en chemin, il en a fallu trente comme ça pour le tournage de *La Belle et la bête*. Ils devaient crever de chaud sous leurs costumes, surtout Jean Marais.

On s'assit autour d'une table ronde recouverte d'une toile cirée. Il mit en route un ventilateur et sortit une carafe d'eau fraîche d'un petit réfrigérateur, son bien le plus précieux ici, avec la bouteille de pastis. La ride à sa joue prolongeait son sourire. Le chien s'étala de tout son long sur le carrelage. Les yeux mi-clos remplis de la lueur des lampes de Fresnel, il devait rêver à quelque scène de western spaghetti, les derniers grands moments de la Victorine. Son air triste aurait séduit mon père.

— Vous repartez aujourd'hui ? demanda le gardien.

— Ce soir, par le dernier avion.

Il me reversa un fond de pastis. La tête commençait à me tourner.

— Les lentilles de Fresnel, là-bas...

— Eh bien ?

— Elles sont à vendre ?

L'homme accueillit ma question en écarquillant les yeux.

— Mais pour quoi faire, nom de nom ?

— Pour rien. Pour le souvenir.

— Vous les mettriez où ? Il faut une sacrée hauteur de plafond !

— Je pense à celle qui n'a pas son pied, juste la grosse loupe de verre et le variateur de lumière.

À mon regard, Jeannot comprit que je parlais sérieusement.

— Le prix, j'en sais rien. On va dire au poids de la ferraille et je connais pas les tarifs. Ils ont des camions qui font le va-et-vient sur Lutèce, eux autres.

D'un coup de menton, il avait désigné l'équipe de télé qui tournait une émission-jeu.

— Je peux leur demander combien ils prendraient pour vous la livrer. Le reste, je veux pas me faire de l'argent dessus. Et puisque vous êtes le fils de Jean Hector, une lampe pareille vous appartient un peu.

J'acceptai un dernier pastis pour sceller notre affaire. J'aurais aimé retourner au hangar pour admirer encore mon acquisition. Mais il était tard et je craignais de rater l'avion. Surtout si le taxi m'infligeait une route de Shanghai.

Dans le vol du retour, j'imaginai Mayliss nue dans le halo de ma lentille de Fresnel.

35

Camille était une jeune femme de vingt-sept ans légèrement plus grande que moi. Là s'arrêtait la comparaison avec Mayliss. Tout en Camille était vie et ardeur de vivre. Je l'avais rencontrée au Palais quelques mois plus tôt. Nous étions adversaires dans une affaire de divorce. Son client était un personnage peu recommandable et j'avais eu facilement gain de cause pour la mère de famille délaissée que je défendais. Mais Camille — ou plutôt maître Arnauzan dans notre langage du barreau — m'avait séduit. Le soir de la condamnation de son client, je l'avais invitée à prendre un verre dans un café de la place Dauphine. Elle m'était apparue comme je l'avais devinée lors des audiences, avec son langage direct et aussi peu policé que possible dans cet univers très codifié de la justice. Elle riait aux éclats, m'apprit qu'elle ciselait son corps à l'année dans l'eau de la piscine de Pontoise. Il lui arriverait désormais de passer certaines nuits avec moi, le week-end en particulier, lorsque Mayliss n'était plus qu'un silence et son visage une insaisissable esquisse qui se dérobait au souvenir, à peine je fermais les yeux en espérant la retrouver.

Le dessin de ses côtes, l'armature de son dos, ses clavicules bien pleines là où mon adorée exhibait comme une victoire des salières soulignant sa maigreur, rien sinon la taille ne rapprochait Camille de Mayliss. Et c'est Camille que j'appelai le soir même de mon retour de Nice, après que Mayliss eut déposé sur mon répondeur un de ces messages de rupture passagère dont elle me gratifiait parfois.

D'une voix neutre, elle m'annonçait avoir dû partir précipitamment pour Oslo, remplacer une interprète souffrante dans un symposium international. Elle serait absente huit ou dix jours, tâcherait de me rappeler, « ah oui, j'oubliais, mon mari s'est arrangé pour m'accompagner, nous avons laissé le petit à sa sœur, ne cherche pas à me joindre, travaille bien en m'attendant, il serait temps que tu t'y remettes ».

Lorsque Mayliss prenait du champ, le silence s'accompagnait souvent d'une lettre écrite sur un ton emporté, construite autour d'un thème assez récurrent : je ne prenais pas assez soin d'elle et, surtout, je ne me mettais pas assez à sa place de femme mariée.

En prenant l'initiative de la distance, comme je l'avais fait à la Victorine, je m'exerçais à domestiquer ma passion maladive pour Mayliss, à fixer moi-même des limites à mon asservissement. Je savais que je devrais un jour ou l'autre arrêter Mayliss comme on renonce à une drogue. Mais le temps me semblait encore loin et si Camille, certains soirs, me tenait lieu de méthadone, Mayliss demeurait mon héroïne.

Je n'avais pas caché à Camille l'existence de Mayliss.

En revanche, je n'avais pas dit à Mayliss qu'une jeune Camille était entrée dans ma vie, comme s'il m'était apparu incongru de tromper une maîtresse mariée avec une jeune femme célibataire et libre à la fois. Camille et Mayliss ne pouvaient se porter ombrage tant elles vivaient sur des planètes opposées. Là où Mayliss tirait les volets en plein jour, Camille aimait être aimée dans la lumière. Sa seule fantaisie était de se présenter parfois rue Budé avec un chemisier fermé par cent vingt et un boutons de nacre laiteux et oblongs, de manière à prolonger le plaisir de l'effeuillage. Si Mayliss se posait des tas de questions, sur l'intensité des sentiments, sur la mort comme jumelle nécessaire de l'amour, ou sur tout autre sujet d'ordre universel méritant qu'on s'y arrêtât sérieusement, Camille mettait grand soin à ne se soucier de rien. Mais il suffisait que Mayliss m'annonce par écrit ou au téléphone son retour imminent, une heure de rendez-vous, ajoutant cette précision qui me faisait battre le cœur : « je porterai la même robe que le dernier jour où nous nous sommes vus, de façon à reprendre le fil, ou le film si tu préfères, là où nous l'avons interrompu » ; il suffisait qu'elle redonne le signal de la passion, avec ses illusions et ses représentations charnelles, ses parfums et son musc, pour que tout mon être, oubliant ses velléités d'éloignement, ou les remettant à plus tard, bondisse dans le premier taxi menant au lieu indiqué, un jardin, un banc ou, mieux, un canapé dont je connaissais chaque creux, placé sous la surveillance d'une poupée au visage de porcelaine.

Ce soir-là, Mayliss volant dans un avion pour Oslo en compagnie de son mari, je n'eus d'autre ressource que d'appeler Camille au secours. Elle vint. Et lorsque, trois jours plus tard, un camion de livraison bloqua ma petite rue le temps que deux costauds hissent jusqu'au studio la lentille de Fresnel et son trépied d'acier que Jeannot avait finalement placé dans le même envoi, c'est dans l'éclat de cette flamme que Camille se dévêtit avec une ensorcelante lenteur, devenant sous mes yeux, et en toute innocence, la doublure lumière d'une Mayliss perdue.

Ces jours sans Mayliss me la rendaient pourtant par la pensée, même lorsque je sentais contre moi le corps tiède de Camille se déployant dans une nudité sans retenue. Naufragé dans un demi-sommeil, il m'arrivait, les yeux mi-clos, de conférer à cette présence une tout autre identité, bien que le contact de la peau, de la chair, des cheveux blonds et bouclés de Camille, sans parler de la fermeté musculeuse de son corps, ne puisse entretenir la moindre confusion.

Avec Mayliss nous vivions dans les faux plis du temps. Étendu sur son canapé, je regardais son dos chalouper devant le piano. Parfois mon cœur sautait son tour, retenait un coup, deux coups peut-être, interdit par tant de grâce et de légèreté. C'était Chopin. Si Mayliss, après avoir plongé la pièce dans une douce pénombre, s'approchait de moi, je n'avais de cesse de remettre nos cœurs au diapason. À ma première caresse je la sentais vibrer comme un arbre frêle — bouleau, saule pleureur, jeune tremble — sous la poussée du vent. Très vite, elle me le disait, vois comme c'est fort, très vite j'entendais un fou cogner dans sa poitrine, s'emballer, dépasser mes propres battements, comme si elle devait payer plus cher que moi le prix du plaisir. Un après-midi qu'elle buvait du thé, elle s'était fendu la lèvre supérieure contre le rebord ébréché de la tasse. Aussitôt elle avait disparu dans la salle de bains, la bouche rougie. Elle était revenue quelques minutes plus tard, sans autre trace qu'un mince filet vermillon sur la pulpe de la lèvre. Comme je lui demandais si tout allait bien, elle avait exhibé ses mains dans un geste triomphal. Mayliss avait peint ses ongles avec son sang.

Une autre fois, devant mon hostilité visible à ses musiques tristes, elle m'avait regardé d'un air féroce et sommé de m'expliquer, lançant de péremptoires « tu n'aimes pas ! ». Elle secouait la tête d'avant en arrière avec une soudaine véhémence, comme pour enfoncer dans la mienne le clou de cette discorde éruptive. Le moment était aux reproches éclairs, notre ciel bleu se déchirait sous la mine plombée de l'orage. Mis en demeure de prouver mon amour, je me faisais l'effet d'un voyageur interpellé en douane et qui, à la question « qu'avez-vous à déclarer ? », répond « rien » ; rien excepté son amour pour cette femme qu'il suivait partout, qu'il aurait bien suivie à Oslo ou ailleurs pour distiller les jours et les heures, puisque le temps, le temps l'un sans l'autre, était leur douleur.

Il arrivait aussi que Mayliss entreprenne de vouloir me changer. La séductrice devenait prédatrice, avec des manières doucereuses et obliques, de petites réflexions légères. L'offensive concernait mon métier. Un avocat se devait de défendre par altruisme, d'épouser les grandes causes. Que mes préoccupations puissent se révéler matérielles choquait son esprit aussi désintéressé que peut l'être celui d'une femme mariée à un assureur prospère. Ces conversations entamées sur un mode badin dégénéraient assez vite, surtout si elles étaient nourries par d'autres courants souterrains où Mayliss, renonçant à attaquer la terre entière, concentrait son tir sur le seul représentant de l'espèce humaine qu'elle tenait sous la main et sous son toit, à savoir un piètre mélomane insensible à la mélancolie, doublé d'un avocat sans idéal autre que pécuniaire et cherchant vaguement la trace d'une mère de comédie.

Dans ces moments, Mayliss devenait une autre. La transformation était de l'ordre de la transmutation, comme si le docteur Jekyll au féminin s'était changé en une Miss Hyde vindicative, plus pâle que jamais, échangeant son habituel mutisme contre un flot de paroles sorties d'une source inépuisable de rancœur. Mayliss montait dans les aigus, contrepoint saisissant aux notes grondantes et cataclysmiques de son clavier. Elle se mettait à me vouvoyer, me parlait en des langues inconnues de moi, ou incompréhensibles, un jargon tiré sans doute de ses nombreux dictionnaires qui formaient un véritable monument aux mots censés pourtant rapprocher les êtres humains. Si Mayliss pouvait se targuer de dominer treize langues et dialectes, elle ne savait plus rien dire de tendre. Ces séances éprouvantes s'achevaient les yeux rougis, j'entendais Anouk Aimée dans *Lola* (« Ça se voit que j'ai pleuré ? »). Mayliss passait sur ses yeux de l'ombre à paupières, et je me demandais si les actrices utilisaient aussi cette arme désuète pour se protéger de la lumière de mon père. Je partais avant l'heure mais il était déjà trop tard. Ces soirs-là, sous le loup bleu de la compagnie Iberia, il faisait très froid. Mayliss me montrait le verso de son visage, le dos de son cœur, l'envers de l'amour.

36

Mayliss rentra d'Oslo et, comme prévu, elle voulut me voir. Le cérémonial fut respecté : elle portait, sans rien dessous, une délicieuse robe de coton imprimé dans les bleus, celle-là même que mes doigts pressés lui avaient ôtée, une dizaine de jours plut tôt, dans le clair-obscur de son salon. Elle avait souhaité que nos retrouvailles se déroulent en extérieur, comme si la scène à jouer nécessitait la pleine lumière du mois de mai, la brillance des regards, la netteté — l'honnêteté — des gestes, le tout réduit à ce qui est toléré dans les lieux publics. Elle me demanda à quoi j'avais occupé mon temps sans elle, si mon escapade à la Victorine avait été fructueuse, si elle m'avait manqué. Elle balaya d'un trait les motifs de son départ avec son mari, prononça une phrase un peu trop littéraire, sans doute lue dans un de ces vieux romans anglais qu'elle affectionnait, qui disait, je crois : « La distance est la protection dérisoire des êtres qui se déchirent en s'aimant. » Mais elle m'aimait toujours, plus que jamais, pour toujours. Je dus constater avec bonheur, et aussi un peu de mépris à mon endroit, vu mes efforts pour me libérer, qu'il en était de même pour moi, maintenant que se reformait sous mes yeux ce visage de beauté pure et parfaite, à peine disparu le masque inquiétant de Miss Hyde.

Une nouvelle période d'harmonie avait commencé avec nos retrouvailles sur le parvis de Notre-Dame, nos pieds réunis sur la dalle indiquant le kilomètre zéro, puisque Mayliss aimait les semblants de première fois, les retours aux sources, l'étalonnage précis de notre amour. Tribut payé à notre séparation, et preuve que nos adieux étaient toujours des rendez-vous, elle avait donc passé la fameuse robe aux bleus chatoyants que ne déformait même pas d'une infime épaisseur la marque d'un sous-vêtement. Pendant que nous marchions jusqu'au studio de la rue Budé, j'imaginais cette nudité connue de moi seul offerte à l'air léger du matin, que je viendrais cueillir mûre entre mes lèvres en récompense d'un trop long jeûne. Ces retours de flamme avaient lieu à l'aurore. J'ignore quelle explication Mayliss pouvait fournir à son mari pour se retrouver au cœur de Paris vers six heures du matin. Peut-être n'en donnait-elle aucune, en vertu d'un marché intime conclu selon les règles d'un partage des sentiments dont elle était la seule comptable. Son goût pour l'aurore m'avait intrigué. Vers la fin de sa vie, mon père aussi se levait à la pique du jour. À la couleur rose flamant du ciel au crépuscule, il préférait cette lueur vaporeuse qui précède la montée du soleil, amoureux qu'il était des promesses, et craintif des chutes. L'aurore le lavait de ses angoisses nocturnes. Il employait le mot « résurrection » et j'avais tout à coup mesuré la juste place du Jésus-triste accroché au-dessus de son lit.

Je ne tardai pas à reprendre le chemin du Kremlin-Bicêtre, du salon ombré de Mayliss, du canapé qui semblait avoir épousé mes formes. J'étais bibelot parmi les bibelots, équipé toutefois d'un sexe et d'un estomac. Dans ces temps de répit, l'existence se coulait en un moule de douceur que j'associe maintenant à la cuisine que Mayliss préparait à mon intention. Sitôt arrivé, je sentais monter de suaves parfums. Elle donnait dans le salé — quiches aux légumes (pâte pas assez cuite) ou coquilles Saint-Jacques (pas assez décongelées) —, et aussi, avec autant de dévotion à me remplir le ventre, comme si je n'avais pas mangé en son absence, dans le sucré enfantin — macarons au chocolat (trop cuits), meringues (trop molles) et tartes chaudes (fruits légèrement desséchés). J'avalais ces offrandes les yeux fermés, entrecoupant chaque bouchée d'une gorgée d'eau ou de thé, troublé par cette main qui mettait à me nourrir la même ardeur qu'à me caresser. Et de coups de dents retenus en tendres coups de langue, je retrouvais dans la mousse de sa toison rousse le goût salé de la quiche et la saveur iodée des coquilles, pendant que les gémissements de Mayliss s'accordaient à la rumeur d'un nocturne interprété par Samson François, un de ses chers disparus. M'entourant d'infinies attentions, mélange de végétal et d'animal, elle devenait liane et lionne. J'étais son prisonnier.

Il arriva aussi, dans ces temps de grâce revenue, qu'elle trouve à mes plaidoiries des accents de génie. Que je défende un vulgaire voleur ou un assassin — comme ce fut le cas dans l'affaire Moncourrier où la victime, receveur des postes, avait été tuée par un jeune homme de vingt ans s'appelant précisément, curieuse destinée patronymique, Moncourrier —, Mayliss s'installait au premier rang de la salle d'assises. Ses yeux se changeaient en ces petites lampes poursuite de théâtre qui tiennent le comédien au milieu d'un rond de lumière et dont il ne peut se défaire qu'à la fin du spectacle. Dans ces instants, Mayliss incarnait véritablement la lumière. Je tirais de ce regard indéfectible une source renouvelée d'éloquence dont l'écho revenait quelquefois jusqu'aux oreilles de Léon Walsberg. Il se bornait à me féliciter sobrement. Il attendait de moi tellement plus. Je croyais voir dans ces performances oratoires le signe caché de mes origines, l'inclination naturelle à jouer la comédie, preuve que j'étais bien le fils d'une héroïne et, accessoirement, l'amant d'une autre.

Puis notre ciel insensiblement s'assombrissait de nouveau. Chopin désertait le clavier pour des compositeurs plus funèbres encore. Les doigts harassés, Mayliss finissait par poser une main dans la mienne, me laissant constater une fois encore que sa ligne de vie tournait court au creux de sa paume. Je vérifiais la présence d'une brève cicatrice blanche à l'orée du poignet gauche, sur laquelle je ne posais aucune question, par peur de la réponse. Le noir reprenait le dessus et je composais plus souvent le numéro de téléphone de Camille, code salutaire d'un amour chiffré.

37

Le bureau de mon père n'avait plus de secrets pour moi. Je connaissais tous ces visages de comédiennes, devenus familiers sans que je puisse toujours y associer un nom ; tous ces carnets de tournage dont je repoussais chaque fois le moment de les classer. Seul résistait un tiroir, en bas à main droite. La clé restait coincée à l'intérieur de la serrure de cuivre, impossible à manœuvrer, même en forçant. Peut-être s'était-elle brisée à l'intérieur du canon. Ou alors le bois avait gonflé, empêchant le glissement.

Un matin pourtant, un de ces matins où je cherchais un dérivatif pour éviter Le Kremlin-Bicêtre, je réussis à débloquer le mécanisme. J'avais tiré si sec que je valsai en arrière dans un grand fracas au moment où le tiroir céda enfin. Le contenu s'éparpilla devant mes pieds : de la menue monnaie, des pièces de dix et de vingt centimes avec le trait ciselé de Marianne, comme si mon père, même sur la ferraille, n'avait su collectionner rien d'autre que des visages de femmes. Sans surprise, je découvris un flot de photos en noir et blanc représentant des inconnues. Certaines embellies par la lumière, d'autres au contraire très enlaidies, signe que Jean Hector avait ses têtes et pouvait user de ses lampes avec cruauté. Un jour, je lui avais demandé quelles comédiennes lui apparaissaient lorsqu'il fermait les yeux, parmi toutes celles dont il avait éclairé le visage. Il avait hésité puis m'avait répondu « aucune ». Je savais qu'il mentait mais il s'en était tenu à ce mensonge.

J'examinai ce nouveau stock de photos. Pas un seul indice n'apparaissait au dos, ni sur l'identité des actrices, ni sur la date des clichés. S'abstenir d'écrire, c'était bien la signature de mon père, sa marque de fabrique. Dans ce fatras disparate où les époques semblaient se mélanger — mais était-ce si sûr —, je trouvai plusieurs bobinos jaunes à peine plus épais que des galettes au beurre. Sur le boîtier de l'un d'eux avait été collé un morceau de sparadrap que le temps et sûrement l'air raréfié du tiroir clos avaient noirci. On pouvait lire en lettres majuscules tracées par la pointe d'un stylo bille anémié : NICE.

Je ne possédais pas de projecteur pour visionner ces images, et je me demandais qui pourrait me dépanner. Il fallait un appareil vieux d'au moins vingt ans. J'ai fait défiler quelques centimètres de bande dans l'encadrement de la fenêtre. Mais la pellicule était trop sombre. Le soir même, Léon Walsberg vint au studio m'apporter le projecteur d'un de ses amis qui gardait la nostalgie du super-8. Léon paraissait tout heureux de me voir ici, visiblement soulagé que je préfère ces vieilleries aux souffrances distillées par Mayliss. Il n'insista pas pour rester. Je le laissai repartir, guettant la nuit noire pour commencer ma séance de projection.

J'avais rassemblé sept petits films dont la durée n'excédait guère trois minutes chacun. Mon cœur se mit à battre aussitôt que l'amorce en biseau s'engagea dans le projecteur, accompagnée par le ronronnement désuet du moteur. Plusieurs de ces très courts métrages auraient fait la joie des cinéphiles. Je reconnus un extrait du tournage du *Vieux Fusil*, probablement réalisé par mon père une fois ses lumières installées. Romy Schneider semblait dire quelque chose de drôle pendant que Philippe Noiret vidait un verre de vin clair. On lisait nettement sur ses lèvres muettes le mot « santé ». La plupart des images des autres films provenaient des tournages de Claude Sautet. Mon père l'avait aidé pour les éclairages de *Classe tous risques*. Plus tard, Sautet l'avait rappelé pour *Les Choses de la vie*. Ils avaient enchaîné avec une belle série, *Max et les ferrailleurs*, *César et Rosalie*, *Vincent, François, Paul et les autres*, puis *Mado*.

J'ignore comment mon père avait glissé du monde adolescent de Truffaut à celui de Sautet. J'imagine qu'il partageait avec le second ses immenses crises d'angoisse, sa peur de vieillir, de rester seul, sa tendresse pour les hommes, sa timidité maladive devant les femmes. Jean Hector savait rassurer Sautet en filmant à merveille les scènes de nuit et de pluie, les phares des autos, les visages éblouis de Montand et de Piccoli, leurs rides au front, la fumée de leur cigarette, l'averse sur les pare-brise. Et aussi l'amitié dans les cafés, les mecs en bande, les ruptures en silence, juste avec les yeux.

La dernière bobine portait cette mention : « *Chemin-Long 67* ». Elle était plus lourde que les autres, comme si deux films avaient été collés en un. Dès les premières images, j'ai ressenti une émotion particulière. Nous n'étions pas au cinéma mais dans la vie. Une jeune femme marchait sur une plage, accompagnée d'un petit garçon — trois ans, quatre ans ? — qui lui donnait la main. Le cameraman — mon père ? — abusait des zooms sur le visage de cette femme, négligeant celui du petit dont ne paraissait dans le champ que le scalp châtain. Il n'y en avait que pour elle, animal au regard étrange, intense, teinté d'une certaine folie dans l'expression, un regard comme deux puits sans fond, des absences et des éclats de sauvagerie. Tout au long du film, la caméra cheminait du visage au corps entier de la jeune femme enveloppé dans un plan plus large. Elle était très grande, avec des épaules rondes et musclées de nageuse. Elle portait les cheveux courts, ressemblait à un chat ou à une panthère, à un animal pourvu de griffes, assurément. L'enfant avait disparu, figurant sans figure. Jean Hector, s'il était bien l'auteur du film, avait traité l'inconnue comme une star. La bande entière lui était consacrée. La même scène se répétait au bord des vagues, une marche semblable à une danse. S'agissait-il d'un bout d'essai, d'un jeu de séduction, d'une promesse ? Et que venait faire l'enfant, la main de l'enfant dans cette histoire ?

Tout à mes pensées, je ne remarquai pas que la bobine s'était arrêtée de tourner. Le visage de la jeune femme s'étalait en plan fixe sur le mur du studio. Soudain ses traits se tordirent dans une grimace horrible. La pellicule venait de prendre feu. Le temps de débrancher l'appareil, il ne resta plus rien du visage de l'héroïne, seulement un souvenir atmosphérique étouffé par l'odeur de brûlé. Je passai sur ma langue le morceau de pellicule endommagé, avec l'espoir de récupérer un peu de l'image détruite. Ce fut peine perdue. Une sensation désagréable envahit ma bouche. Mon père affirmait qu'il se dégageait de la pellicule un goût d'amertume. Il avait dû tenter souvent de sauver un visage.

Ce soir-là, je projetai plusieurs fois le film *Chemin-Long 67*. Cette femme me fascinait. Dans la nuit, ne trouvant pas le sommeil, j'entrepris de fouiller l'étagère où s'empilaient les carnets de tournage de Jean Hector. Je n'eus aucun mal à dénicher les deux volumes de l'année 1967 attachés par un élastique. Mon regard courut directement aux pages de l'été. Mon père avait passé une dizaine de jours en juillet à la Victorine (je le savais déjà). Il avait participé à une production franco-italienne à Naples puis rejoint l'équipe de Jacques Demy à Rochefort pour travailler sur les lumières des *Demoiselles*. J'allais passer trop vite sur une page du mois d'août qui mentionnait d'une ligne un bref séjour à Chemin-Long, avec cette précision : « voir Dr Caussimon ». Ces mots m'arrêtèrent mais j'avais beau les lire dans tous les sens, ils ne m'éclairaient pas. Je poursuivis mon inspection minutieuse jusqu'aux derniers jours de 1967, sans trouver nouvelle mention de Chemin-Long. À la fin du carnet, pris dans le rabat de la couverture, un papier blanc terni par les années était plié en deux. C'était une feuille à en-tête d'un Institut des maladies nerveuses, sis à Chemin-Long (Gironde). À la main, quelqu'un avait ajouté d'une minuscule écriture : « Dr Caussimon », suivi d'un numéro de téléphone de l'époque. Je sentis mes joues s'échauffer. Je brûlais. J'approchais. Mais de qui ?

Malgré l'heure, je ne pus résister à l'envie de voir une nouvelle fois le film *Chemin-Long 67*, cherchant en vain sur le visage de la jeune femme un peu du mien. Il me fallut cette projection nocturne pour découvrir ce qui aurait dû me saisir d'emblée : l'inconnue marchant dans l'écume ressemblait à Mayliss. Presque trait pour trait. Et dans les yeux, folie pour folie. Je restai interdit, essoufflé comme si j'avais couru trop vite. Je voulus me rappeler ce que Mayliss m'avait dit au sujet de sa mère. Elle avait disparu, mais que signifie exactement disparaître ? Ma pensée voltigeait. Notre rencontre aux Trois Luxembourg était-elle vraiment fortuite, comme elle l'avait prétendu ? Ou Mayliss cherchait-elle aussi sur le grand écran une présence maternelle ?

En rassemblant les bobinos près de moi, je réalisai que je n'avais pas visionné celui qui portait la mention NICE sur le bout de sparadrap. Je l'installai sur le projecteur puis j'attendis quelques secondes, le souffle court, que crépitent en tremblant les premières images. C'était encore la même jeune femme avec sa haute silhouette, au bord de l'eau. Elle ne donnait la main à aucun enfant. Elle se contentait de marcher, je devinais la voix de mon père lui conseillant de rester naturelle. La ressemblance avec Mayliss m'apparut si frappante que je crus à un trucage. Le temps se rembobinait à l'envers. Mayliss avait-elle été la maîtresse de Jean Hector il y avait quarante ans ? Était-elle ma mère ou ma sœur ? Les dernières images du film étaient inattendues. La caméra plongeait tout à coup dans l'obscurité d'une chapelle. Mon père avait cadré plusieurs vitraux racontant les principaux épisodes de la vie du Christ. Je pris conscience que, fait exceptionnel, cette bobine avait été tournée en couleurs. Le soleil frappait doucement le verre, c'était une lumière de fin d'après-midi. Les vêtements des apôtres donnaient le sentiment du velours et du miel. L'inconnue se faufilait entre les travées de la chapelle. L'absence de bande sonore accentuait son allure féline. Mais mon père, à cet instant, semblait moins subjugué par sa haute silhouette que par l'éclat des vitraux dans l'obscurité. À coup sûr il cherchait la lumière de Dieu.

Après, le film s'achevait devant la façade blanche d'un bâtiment austère. Le contraste violent me fit fermer les yeux. J'eus à peine le temps de voir l'objectif cadrer une fenêtre du deuxième étage. Une fenêtre protégée par une grille. Derrière, la jeune femme de la baie des Anges agitait lentement une main. De son visage on ne voyait plus rien excepté un regard fou.

Le lendemain matin, je téléphonai au service des renseignements pour obtenir le numéro actuel de l'institut médical de Chemin-Long. Après une longue recherche, l'opératrice me répondit qu'elle ne trouvait aucune référence à ce nom. Il n'existait pas davantage de Dr Caussimon. Dans l'après-midi, je pris un train pour Bordeaux où m'attendait une voiture de location. J'avais prévenu Léon Walsberg que je serais absent de Paris un jour ou deux. Je m'absentais peut-être pour plus longtemps.

Je manquais de sommeil. Sitôt passé les tunnels de la banlieue, bercé par le balancement du convoi, je plongeai dans une étrange rêverie d'où émergeait encore la figure de mon père. Vers la fin de sa vie, Jean Hector avait poursuivi sa recherche des sources de lumière. Sur des feuilles volantes annotées de sa main, il décrivait ainsi comment il avait constitué un véritable élevage de papillons qu'il enfermait dans une petite serre ajourée aux parois de tissu. Il se procurait par correspondance des espèces aux ailes bleues qui émettaient un éclat semblable à celui des diodes luminescentes : morphos, princeps et surtout azurés du serpolet, de magnifiques spécimens qui brillaient dans la nuit. Mon père avait appris que les ailes de ces papillons captaient la lumière du soleil grâce à de minuscules miroirs et la restituaient dans l'obscurité, promenant un mystérieux halo bleuté qui trouait le noir. Son dernier carnet de tournage racontait comment, pendant une scène de nuit, il avait lâché deux beaux morphos et un azuré au-dessus des comédiens, leurs visages s'éclairant alors dans l'intermittence des battements d'ailes.

C'est la magie de ce bleu qui l'incita sans doute à basculer du noir et blanc vers la couleur, surtout quand il prit pour la première fois le visage de Romy Schneider dans son viseur. Son exigence était restée intacte. Il croyait ne pas se trahir en utilisant cette couleur-là — un bleu polaire — sur ce visage-là, au rayonnement solaire. « Romy renvoie la lumière par K-O », m'avait-il dit un jour sans autre explication. Longtemps Romy Schneider fut ma mère, simplement parce que mon père en parlait avec amour. J'ignorais qu'elle n'était à ses yeux qu'un papillon parmi les papillons, à l'évidence le plus beau. La photo, c'était sa capture.

Du pur noir et blanc, parfois troublé par la fumée de sa cigarette, il était passé au bleu voilé, comme dans la fameuse ouverture au bleu du générique de *Vincent, François, Paul et les autres*, où Romy n'apparaissait plus que pour une scène, tout usée par le malheur et l'alcool. Entre aimer et abîmer, prétendait mon père, il n'y a qu'une lettre de différence, le petit « b » de la beauté. Jean Hector aimait certains visages, il en est d'autres qu'il abîmait. Qu'avait-il fait du mien qu'il ne photographiait jamais ? J'éprouvais un frisson chaque fois qu'il m'appelait « mon ange ». Voilà ce que j'étais pour lui : un être qui passe et qu'on ne voit pas, un silence, une absence. De toutes ces femmes prises par mon père, à présent fanées comme les fleurs d'un tabernacle, je crois qu'il aimait surtout leur absence. La transparence de leur regard. S'il avait pu, je soupçonne qu'il aurait passé sa vie à photographier des héroïnes à contre-jour, en traquant, comme dans *Alice au pays des merveilles*, des sourires de chat sans chat. Il les aurait entraînées dans ces « ombromatons » d'où l'on ressort avec un cliché de son ombre saisie de profil. Il aurait suivi l'inclination de ces artistes qui, voyant un nageur, peignent un noyé. Il accumulait des images à charge comme on cherche des preuves contre le temps qui passe. Mais toutes ces femmes finissaient par lui échapper avec son consentement. Loin de percer leur mystère, il prenait plaisir à l'épaissir.

Lorsque je sortis de ma torpeur, le train roulait au ralenti. La voix du contrôleur annonça la gare Saint-Jean. Je dévisageai les passagers autour de moi, surpris de ne trouver ni mon père ni Romy Schneider.

38

À l'adresse indiquée sur le papier à en-tête, il n'existait aucun établissement de santé. Chemin-Long était une petite localité du bassin d'Arcachon, sur la route de Cap-Ferret, à ne pas confondre avec un quartier de Mérignac, près de l'aéroport. En hiver, la plupart des villas restaient fermées. Comme dans toutes ces bourgades du bord de mer, la vie se retirait jusqu'aux beaux jours. Hors saison, de rares autos immatriculées dans un département lointain s'aventuraient sur ces petites routes étroites. Leurs occupants marchaient un moment le long de la côte, cherchaient du regard la dune du Pyla ou le banc d'Arguin, puis rentraient se mettre à l'abri car le vent expédiait violemment des paquets de sable.

À mon arrivée, Chemin-Long était désert. Le pompiste de la station-service ouvrit de grands yeux vides lorsque je lui demandai s'il existait par ici une clinique. Il s'excusa en disant n'habiter Chemin-Long que depuis peu. « Une clinique ? Dans le temps, c'est possible », fit-il sans conviction. Ce soir-là, je me repliai sur le seul restaurant ouvert, avec son point de vue panoramique. Le propriétaire assurait lui-même le service et, comme il n'y avait pas foule, il me raconta avec entrain ses promenades matinales, le cri des oies dans le brouillard, les sangliers qu'il surprenait à l'aube occupés à pêcher des anguilles dans les flaques d'eau. L'homme s'appelait Papineau et venait des Charentes. Il s'était installé à Chemin-Long comme maraîcher ambulant, au début des années soixante. Sa réussite tenait tout entière dans ce restaurant aux larges baies vitrées qui dominait l'horizon. Il me proposa une chambre, si cela m'ennuyait de regagner Bordeaux à la nuit. J'acceptai.

— Alors vous allez me goûter ça ! s'écria-t-il, l'air réjoui, en posant devant moi une bouteille de vieil armagnac et deux grands verres de cristal.

Nous trinquâmes. Comme Philippe Noiret sur le petit film de mon père, je dis « Santé ! ». Je n'étais pas habitué à boire sec. La gorge me brûla, puis la poitrine. Un certain bien-être m'engourdit. Je me mis à parler beaucoup, trop sûrement. Papineau hochait la tête en plongeant de temps en temps son nez dans les vapeurs d'armagnac. Aujourd'hui encore, je ne saurais me souvenir de ce que je lui racontai. On bavarda loin dans la nuit, unis par la complicité de l'alcool. Le lendemain matin, je m'éveillai avec le jour. J'entendis l'océan. Un chien aboyait après les mouettes. Je m'étais couché sans fermer les volets. Il me sembla que nous avions évoqué Chemin-Long, avec Papineau, cette mystérieuse clinique. Mais je ne gardais vraiment aucune trace de notre conversation.

Dans la salle du petit déjeuner, une jeune femme que je n'avais pas vue la veille prenait les commandes. Son patron serait là d'une minute à l'autre, avec du pain frais. J'attendis derrière la baie vitrée. Le soleil illuminait peu à peu le sable ridé par la marée descendante. La plage ressemblait à un manuscrit maculé çà et là de blockhaus.

— Déjà debout ! s'exclama Papineau, les joues violacées par l'air du dehors. Voilà des croissants chauds et de la baguette, servez-vous !

— Dites, monsieur Papineau. Hier soir, avec l'armagnac, j'ai un peu perdu le fil...

—Vous avez raison. Ces histoires de Chemin-Long, mieux vaut les laisser aux amateurs de faits-divers.

— Nous avons parlé de la clinique, n'est-ce pas ?

— Du passé, je vous répète. Vous n'allez pas vous rendre malade avec ça. Piochez donc dans la corbeille à pain, voyez cette mie, et le doré des croissants...

— Merci. Il faut seulement me rafraîchir la mémoire. Vous m'avez bien dit...

— ... que tout avait brûlé en 67. Une détraquée qui a mis le feu, d'après ce qu'on a écrit à l'époque dans le journal.

— Que sont devenus les patients ?

Papineau siffla entre ses dents comme si je lui en avais demandé beaucoup trop.

— Ça, il faudrait interroger Mme Dauneuse.

— Qui est-ce ?

— C'est donc vrai que vous étiez dans les vapes, jeune homme. Vous m'avez posé la même question hier soir. Mme Dauneuse était l'administratrice de l'établissement. Elle vous racontera l'affaire dans les détails, si vous y tenez tant. Mais à votre place, je laisserais tomber. Il faut penser aux vivants, rien qu'aux vivants !

Je hochai la tête. Comme à contrecœur, il nota l'adresse de Mme Dauneuse sur un bout d'enveloppe.

— Elle a dû passer les soixante-dix ans, me glissa Papineau, espérant me dissuader.

Mme Dauneuse habitait un petit pavillon au pied des dunes. Malgré les barrières de bois déployées au fond de son jardin, une montagne de sable menaçait d'ensevelir la toiture. Au téléphone, elle avait accepté de me recevoir après le déjeuner. Elle m'attendait dans son salon, les mains nerveusement croisées comme des sarments de vigne.

—Vous m'avez inquiétée, lança-t-elle à peine eus-je franchi le seuil de sa maison. Nous n'en finirons donc jamais avec ce drame.

Mme Dauneuse était une petite dame d'aspect sévère, avec des yeux légèrement gonflés qui devaient se fermer souvent sur de mauvais souvenirs. Ses cheveux blancs coiffés en permanente renvoyaient dans la lumière des reflets bleutés. Elle avait préparé du café. Trois cannelés bordelais attendaient, dressés dans une soucoupe, formant un petit château fort de gourmandise. Je ne pus résister à l'envie de mordre dans le plus caramélisé.

— Au moins vous avez de l'appétit, observa-t-elle avec un sourire las.

Sa voix déraillait dans les aigus. Elle était anxieuse de connaître les raisons de ma venue, essayait de savoir si j'étais parent avec un ancien pensionnaire.

— Je ne viens pas enquêter sur la catastrophe, commençai-je, et cette entrée en matière parut la rassurer.

— J'ai reçu tellement d'appels des familles de victimes, se lamenta Mme Dauneuse. Certaines me harcèlent encore, trente ans après, une vraie persécution, vous comprenez. Je porterai tout ça sur mon dos jusqu'à ma mort. Qui aurait deviné que Marie Bordenave possédait un briquet ?

— Qui ?

— Marie Bordenave, c'était une jeune malade. Nous l'avons soupçonnée d'avoir mis le feu à l'établissement mais personne n'a pu le prouver. Trois malades ont péri et elle a disparu. Il est possible qu'elle soit allée se noyer après son crime, elle avait des tendances suicidaires. Mais son corps n'a été retrouvé nulle part. Tous les survivants ont été recasés entre Gujan-Mestras et Arcachon. Le centre hospitalier de Bordeaux a pris en charge les cas les plus graves. Alors que voulez-vous savoir ?

Je ne pus rien répondre. Si seulement j'avais emporté avec moi le film super-8 et le projecteur. Peut-être Mme Dauneuse aurait-elle reconnu ce visage, cette silhouette, et aussi la façade blanche, la chapelle aux vitraux de velours. Mon instinct me forçait à poursuivre.

— Auriez-vous une photo de Marie Bordenave ?

— Je n'ai pas besoin de photo pour m'en souvenir. Pauvre petite. Façon de parler, car elle était grande. Une belle fille avec un grain dans la tête. C'était pitié de la voir déambuler dans les couloirs de Chemin-Long. La plupart du temps elle nous dévisageait en silence, lançait des regards hostiles ou au contraire totalement perdus. Ses crises étaient spectaculaires. Soudain, elle se métamorphosait. Elle se présentait comme une héroïne de cinéma qu'un metteur en scène viendrait chercher d'une minute à l'autre. Si quelqu'un affectait de ne pas la croire, elle entrait dans une de ces colères... Au réfectoire, elle interdisait aux femmes de service de débarrasser les tables tant qu'elle n'avait pas terminé son assiette. Elle prétendait qu'une caméra la filmait, qu'il ne fallait pas passer dans le champ ni heurter les couverts. Cela se terminait toujours pareil. Deux infirmiers l'emmenaient de force. Elle griffait, crachait, insultait tout le monde, nous traitait de bourreaux ! Elle criait qu'un jour son talent éclaterait en pleine lumière. On aurait cru qu'elle répétait une phrase apprise par cœur. Puis survenait l'abattement. Elle s'effondrait sous l'effet d'un tranquillisant, pleurait en silence, c'était une telle tristesse que j'en ai encore mal au ventre de l'imaginer si malheureuse.

Le récit de Mme Dauneuse me laissa sans voix. Je l'encourageai à décrire Marie Bordenave, était-elle blonde ou brune, portait-elle les cheveux longs ?

— Elle changeait sans cesse d'apparence, répondit la vieille dame. Un jour, Marie a demandé d'urgence les soins d'un dermatologue. Le médecin voulait savoir pourquoi. Elle exigeait un traitement spécial pour atténuer ses taches de rousseur. Son metteur en scène, comme elle l'appelait, avait prétendu qu'elle serait plus photogénique avec les joues immaculées... Ses cheveux ? Toujours assez courts. Parfois châtains, parfois blond cendré. Elle a même eu une période de noir intense et, vers la fin, je me souviens qu'elle était rousse, un roux qui tirait sur le rouge, si vous voyez ce que je veux dire.

Je l'incitai à poursuivre encore.

— Longtemps j'ai envié son épaisse chevelure. Mais, une fois que j'étais montée dans sa chambre lui faire signer un papier, je l'ai découverte le crâne presque rasé. Le choc fut immense. Elle ressemblait à ces cancéreux dont les cheveux commencent à peine à repousser. Elle avait ajusté en hâte une perruque, ce fameux roux flamboyant. Je me souviens qu'elle était très belle mais inquiétante...

— Quel âge avait-elle ? demandai-je.

— Mon Dieu, l'année du drame, vingt-six ou vingt-sept ans. La vérité est qu'elle avait l'air d'une enfant.

— Et sa famille ?

— À ma connaissance elle n'en avait pas. Un homme venait la voir, à une époque. Il l'emmenait dans une belle auto. Puis il n'est plus venu.

— Quel genre d'homme ?

Mme Dauneuse haussa les épaules en signe d'ignorance. D'une main hésitante, je sortis de mon portefeuille une photo de mon père qu'elle examina en silence.

—Vraiment, dit-elle après un long moment, je ne peux rien affirmer. Je ne l'ai jamais vu de près. C'est peut-être lui, son visage me rappelle vaguement quelqu'un. Un regard épris et désolé... Mais c'est si loin.

— Je comprends.

Je me sentis soulagé que le mystère demeurât entier. C'était mieux ainsi. Tant pis si ma mère n'était pas une étoile du grand écran, pas même script-girl, maquilleuse ou costumière, tant pis si elle n'avait fait que rêver de cinéma. La vieille dame me raccompagna sur le pas de la porte. Elle semblait presque guillerette et m'offrit les cannelés qui restaient. Je renonçai à lui demander si Marie Bordenave avait eu un enfant. Quelle importance, puisqu'elle n'aurait pas été en mesure de l'élever.

— C'est idiot, m'avoua Mme Dauneuse. D'avoir parlé de Marie avec vous, j'ai l'impression qu'elle vit encore quelque part.

On se quitta sur ces mots. L'évidence me frappa que je n'aurais plus personne à chercher dans les salles obscures. Sur la route de Bordeaux, je stoppai la voiture au bord d'une pinède. J'avais envie de sentir le sable sous mes pieds. Chaussures à la main, je dévalai le sentier qui menait à l'océan. L'après-midi finissait. Un soleil rasant nappait la plage d'une lumière orange. Je m'avançai jusqu'à la frontière du sec et du mouillé. La mer en se retirant avait laissé sur le sol ces rides immobiles et crénelées qu'on appelle « ripple mark ». J'écoutai la houle comme on le fait gamin avec un gros coquillage pressé contre l'oreille. Les vagues qui enflaient au loin s'achevaient devant moi en fine écume de bulles. J'aurais aimé voir les sangliers pêcheurs d'anguilles décrits par Papineau, et les oies dans la brume.

39

À Paris je ne cherchai pas à revoir Mayliss. Je ne composai pas son numéro de téléphone. Je n'envoyai pas de lettre la nuit de la poste du Louvre. Je ne guettai plus ses pas dans l'escalier de la rue Budé. Ni sa silhouette rue Saint-André-des-Arts, à la Librairie Simone Thomas. Un matin lumineux, j'étalai sur le plancher toutes les photographies d'héroïnes laissées par mon père. Leurs visages couraient jusque dans la salle d'eau et aussi dans la cuisine. Ils me regardaient en silence, chacun dans sa solitude. Je crois que je les aimais tous, que j'avais fini par les aimer, surtout ceux des comédiennes disparues. Au fond, j'étais reconnaissant à mon père : il m'avait laissé le soin de choisir, ou de ne pas choisir. Je pensai à ce qu'on dit parfois : que les étoiles continuent de briller bien après leur mort. Combien d'entre elles m'envoyaient leur chaleur sur mon sol devenu ciel ? Delphine Seyrig, Romy Schneider, « Framboise » Dorléac, Audrey Hepburn, Jean Seberg. J'aimais aussi les vivantes, les presque pas vieillies tant d'années après le simple geste de Jean Hector, le doigt pressé sur le bouton du Leica, Anouk

Aimée, Anna Karina, Françoise Fabian, Catherine Deneuve, Marlène Jobert. Des inconnues aussi, ni mortes ni vivantes, inconnues sauf de dieu mon père. Laquelle parmi toutes ces femmes lui avait confié, après une séance de pose, « Jean, je prends la lumière mais je ne la comprends pas » ? Était-ce Isabelle Adjani, était-ce Marthe Keller ? Ou Marie-France Pisier, qui cherchait toujours midi à quatorze heures ?

Un jour, découvrant un tirage d'elle par Jean Hector, une comédienne l'avait poursuivi chez lui, ici sans doute, dans cet appartement, pour le sommer d'expliquer son secret. « Dans ma glace je n'existe pas. Dans la rue je n'existe pas. Personne ne se retourne sur mon passage. Et avec votre appareil vous montrez ce que j'ignore de moi ! » La jeune femme lui était apparue inquiète et fascinée. Qui était-elle, parmi ces héroïnes déposées à mes pieds, sur lesquelles je marchais délicatement, sans souliers, exposé au verre de leur sourire, comme si j'avais pu effleurer le grain de leur visage ? Je crois justement qu'une comédienne avait reproché à mon père de lui avoir « troué la peau » avec son Leica plus gravement qu'avec un revolver. Il ne citait pas de nom. Jamais de nom. Figée sous l'objectif, la jeune femme ne s'était pas reconnue. Elle lui avait dit des choses compliquées, que je comprends mieux avec le temps. Qu'elle vivait seulement devant une caméra mais qu'une image d'elle arrêtée la dépossédait de toute vie, car le mouvement n'y était plus. Elle ne se voyait belle qu'en action, dans le ronron du moteur. Sur son visage et sur tant d'autres, Jean Hector avait tendu ses filaments de lumière comme un peintre, sur sa toile, plie les soies de son pinceau.

Foulant ce mur de regards, je tentai de me remémorer certains propos de mon père. Il prétendait ajuster ses éclairages aux battements de cœur des comédiennes, sans rien divulguer de cet étrange accord. Il cherchait à magnifier la beauté, même sur les visages qui n'avaient rien de magnifique. Changer le mat en brillant, parler sûrement — mais quel langage ? —, avant de tirer, pour faire monter le rouge aux pores, créer l'émotion, aider l'artiste à s'oublier, à s'aimer moins : ça, c'était son art. Il lui fallait déployer des trésors de ruse et prendre son mal en patience pour qu'une comédienne soit belle à photographier. Il l'entraînait dans le voisinage de l'enfance, là où les petits absorbés dans leurs jeux ne se méfient plus, ne se préoccupent de rien d'autre que de la trajectoire d'une bille ou du vol d'un oiseau. Cet état d'enfance, il le traquait avec des mots à lui, son œil écarquillé au-dessus du viseur, comme pour dire « je suis là, révélez-vous ! ». À convoiter l'éternité, les actrices devaient bien savoir qu'il fallait mourir un peu dans son regard. Jamais il ne signait un visage sans l'avoir un tant soit peu saigné.

Je m'accroupis au-dessus de ces portraits connus et inconnus, tous différents et pourtant réunis sous la griffe de mon père. J'attendis qu'ils me parlent. Dans son carnet de l'année 1992, un des derniers, Jean Hector avait écrit : « Photographier, c'est dévoiler ce qu'on ne sait pas. » Il comparait son métier à celui d'un explorateur qui chaque soir, las et fourbu d'avoir traversé la jungle des visages, plonge dans le bain magique du révélateur pour examiner ses prises, les soupeser, les rectifier. Je m'enfonçai dans son sillage à la poursuite d'un diamant vert, le regard de cette jeune femme qui avait raté le rôle principal de sa vie : jouer ma mère sans relâche, c'est-à-dire apprendre à grandir. Je réactivai le projecteur et installai le bobino du film super-8 intitulé *Chemin-Long 67*.

La première fois, l'expression inquiétante de Marie Bordenave ne m'avait évoqué aucune figure familière. Mais peut-être fallait-il la revoir animée, attraper au vol un éclat du regard ou du sourire pour tenter de le retrouver sur une des photos qui gisaient à mes pieds. S'agissait-il vraiment de la folle de Chemin-Long, cette fille pleine de vie qui semblait défiler pour un grand couturier, sauf qu'elle était presque nue et que son œil, parfois, tournait au noir. À partir de quel instant voit-on quelqu'un ? Ce qui s'appelle « voir ». Mon père racontait cette séance d'essais des années cinquante où George Cukor avait testé des dizaines de jeunes comédiens anonymes. Au passage d'un certain Gary Cooper, il était resté de marbre. C'est seulement lorsqu'il visionna les bandes qu'il réalisa : Gary Cooper crevait l'écran. Il l'avait rappelé sur-le-champ, troublé de l'avoir regardé sans l'avoir vraiment « vu ».

J'espérais qu'il en serait de même pour Marie Bordenave. Qu'elle surgirait de ces photos inertes. Qu'un indice m'aiderait à la reconnaître. Mais il était sûrement trop tard. Les sensations qui me revenaient, pensant à elle, convergeaient vers une sorte de trou sans fond. Je supposais que la jeune proie avait fini par se rebeller. Qu'elle avait jeté au visage de Jean Hector quelques horreurs : qu'elle était vieille et qu'il fallait arrêter de la regarder. Un sentiment vertigineux me gagna doucement. Si cette femme était morte, avec ses traits mal fixés dans mon esprit, j'allais sûrement commencer à l'aimer. À aimer son absence.

40

Je ne savais pas quelle heure il était, ni quel jour. May-liss se tenait dans l'encadrement, un large sourire sur ses lèvres colorées de vermillon, légèrement renflées d'un bouton de fièvre. La minuterie de la cage d'escalier s'éteignit. Je lui fis signe d'entrer. Elle s'avança d'un pas puis stoppa net.

— Mon Dieu, murmura-t-elle en découvrant toutes ces photos.

Sur le mur blanc du grand studio, une inconnue, peut-être Marie Bordenave, achevait son numéro d'artiste au bord de la mer. Mayliss observa sans réaction la scène où la jeune femme courait sur le sable mouillé en fixant l'objectif de mon père. L'héroïne de la pellicule ne lui ressemblait plus du tout. Je tressaillis en me demandant si je n'avais pas été victime d'une illusion. Mayliss avait le front étroit quand celui de Marie était large. Marie avait des épaules rondes qui contrastaient avec celles, anguleuses, de Mayliss.

— Qui est-ce ? demanda Mayliss.

— Je ne sais pas.

Le film s'acheva, laissant sur le mur un grand carré de lumière. Sans un mot, Mayliss se déchaussa puis traversa la pièce d'un pas hésitant, la plante des pieds incurvée pour ne pas écraser de tout son poids les visages qui jonchaient le sol. Ou pour tenter de les éviter, comme si elle avait craint elle aussi qu'ils soient coupants, qu'ils soient en verre. À la manière d'un équilibriste, elle marcha jusqu'au lit où j'avais encore étalé des portraits d'artistes. Mayliss écarta Bernadette Lafont, Marie-José Nat, Brigitte Fossey. Elle se tourna vers moi et me supplia de venir la rejoindre. Me supplia ou me pria. C'était d'une force difficile à contrer. Je lui reprochai cet assaut. J'étais un fumeur en voie de sevrage, six jours déjà à me passer d'elle, je me sentais mieux, je n'avais plus que de rares bouffées de manque, parfois provoquées dans la rue par un parfum, par un timbre cristallin comparable au sien, sur lequel j'évitais de me retourner. J'étais près de guérir de Mayliss et voilà qu'elle revenait sur la pointe de ses pieds nus, de sa voix haut perchée.

— Nous sommes vendredi soir, observa Mayliss.

— C'est déjà le soir ? dis-je en regardant par la fenêtre.

La journée entière avait filé sans que je m'en aperçoive.

— Vendredi soir, répéta Mayliss, comme si ces mots devaient me paraître extraordinaires.

— Et alors ?

— Alors je suis là, une veille de week-end, tu comprends ? Je suis libre. La semaine prochaine, je m'installerai ici.

Je soupirai. Elle m'attira sur le lit débarrassé de Françoise Arnoul et de Dany Carrel qui se partageaient un oreiller. Nous fîmes l'amour comme on fait la guerre. C'était violent et inutile, je crois qu'elle eut mal mais elle ne se plaignit pas et ses cris ressemblèrent à ceux du plaisir, à des sanglots mêlés. Moi, je ne gémis pas. Ou alors c'était très profond, un pleur de grotte rentré à l'intérieur. J'eus la sensation d'éventrer Mayliss, de la blesser à mort, et pourtant elle m'implorait de venir encore. Soudain je la repoussai pour lui demander de me signer un papier sur-le-champ. Une idée extravagante qu'elle accueillit comme le caprice d'un enfant malade.

— Signer quoi ?

— Une lettre où tu dis que tu vas venir vivre avec moi, avec la date.

Elle rit mais son regard était affolé. Elle me serra contre elle, me supplia de la reprendre, de lui faire l'amour. Et plus on faisait l'amour, plus il se défaisait. J'étais triste de la voir, triste d'être triste. Elle pleura, me demanda pardon, jura qu'elle ne me laisserait plus seul même une journée si c'était pour que naissent dans ma cervelle des idées pareilles. Je ne ressentais plus rien. Pas un frisson. Aucun serrement au cœur. La grâce de Mayliss s'était envolée dans le souvenir de nuits anciennes. Ne restaient que nos chairs irritées. Je me retirai d'elle sans avoir éprouvé aucun plaisir. Nos horloges détraquées l'avaient rapprochée de moi à l'instant précis où je me détachais d'elle.

— Je ne suis pas très bien, dit Mayliss. Sortons.

— Où ça ?

— Allons dîner au Flore en l'Île.

— Tu as faim ?

— Je veux partir.

Il était dix heures du soir. Quelques couples de touristes remplissaient la salle de restaurant d'accents exotiques. Nous aurions pu être à Rome ou à Londres, à Athènes ou à Tokyo. Avec Mayliss qui parlait français, je me sentais très loin de tout. Elle toucha à peine la salade qu'elle avait commandée. Je ne laissai rien de mon hachis parmentier puis je fis honneur à une mousse au chocolat onctueuse comme dans les publicités avec des fermières et des barattes en grès.

— Tu réalises que je suis là, un vendredi soir ? insista Mayliss.

Je réalisais. Elle était là. Je n'y étais plus.

Après une infusion qu'elle but très lentement, gorgée après gorgée, dilatant le temps, guettant le moindre de mes gestes, on sortit marcher le long du quai d'Orléans. Sur le pont des Gitans, un jongleur jetait vers le ciel des torches enflammées. L'air sentait l'explosif. Un orage menaçait. Des éclairs lointains zébraient la nuit, illuminant nos visages livides. Je pensai à mon père, tranquillement assis là-haut sur un nuage, jetant ses flashes célestes à la figure des passants et, surtout, des passantes.

Mayliss parlait plus qu'à l'accoutumée. Elle se cramponnait aux mots car mon silence devait la happer comme un gouffre. Je ne faisais aucun effort pour lui répondre. Je pensais à Marie Bordenave. Fallait-il que Mayliss m'ait intoxiqué pour que j'imagine que la jeune femme de *Chemin-Long 67* lui ressemblait. Je changeais de système solaire. Mayliss s'éloignait, je sentais du froid partout autour, la Seine brillait à nos pieds, il faudrait en finir une bonne fois. Comme nous approchions du parapet, je levai la main d'un geste brusque. Un taxi s'arrêta à notre hauteur et nous nous jetâmes à l'intérieur. C'était ça ou se jeter à l'eau comme à la fin de *Jules et Jim*.

— Roulez, lançai-je au chauffeur. Je vous indiquerai le chemin.

— Où allons-nous ? demanda Mayliss d'une voix blanche.

— Nulle part.

À Saint-Paul, je priai le chauffeur de s'engager place des Vosges. Puis nous roulâmes en direction de l'Opéra, et jusqu'à la Maison romantique.

— C'est un pèlerinage, observa Mayliss, anxieuse.

Je ne répondis pas qu'un pèlerinage était aussi un adieu. Le compteur tournait. Le chauffeur sifflotait entre ses dents. Ce sauve-qui-peut allait me coûter cher.

— Vous voulez un Paris *by night* ? interrogea le bonhomme. Vous auriez dû le dire tout de suite, je vous aurais concocté un circuit avec les grands monuments, la tour Eiffel, Montmartre...

C'était parfait ainsi. Lorsque nous atteignîmes le boulevard Saint-Michel, je demandai au chauffeur qu'il remonte lentement la rue Saint-André-des-Arts. Un peu plus loin, Mayliss se redressa quand elle aperçut l'enseigne discrète de l'Hôtel de l'Abbaye, rue Cassette.

— C'est ici que tu m'emmènes dormir ?

— Non.

Le chauffeur s'éclaircit la gorge.

— Où allons-nous maintenant ?

— Vers les Gobelins.

Mayliss s'était rencognée, les yeux fermés. Je sentais sa chaleur contre moi, son parfum qui tant de fois avait bercé mon sommeil. Dix minutes plus tard, nous étions au Kremlin-Bicêtre. Le taxi s'arrêta devant chez elle.

— Nous sommes arrivés, marmonnai-je.

Elle me dévisagea avec stupeur. Les fenêtres de sa maison étaient allumées. Je dis : «Tu es attendue», puis le taxi redémarra en direction de Notre-Dame, kilomètre zéro. Dans le rétroviseur, la silhouette de Mayliss était devenue minuscule.

41

Quelques semaines plus tard, je décidai d'aller dormir dans l'île Saint-Louis. Je n'étais plus revenu rue Budé depuis cette ultime soirée avec Mayliss. Libéré de son emprise, je n'appréhendais plus d'y trouver des traces d'elle, son parfum ou ses éternels cheveux enroulés autour d'une épingle noire. Je passai par le quai aux Fleurs et longeai les boutiques fermées des oiseleurs avant de rejoindre l'île. Je me sentais à l'abri dans ce ventre de pierre qu'abreuvait le fleuve. Était-ce l'automne ou le printemps ? C'était en tout cas un commencement, un début dans la vie, l'air était chaud, presque trop, comme dans *Tintin et l'étoile mystérieuse*.

Je venais de passer une soirée très gaie avec Camille. Elle m'avait entraîné dans un cinéma de Montparnasse pour voir la dernière comédie de Woody Allen. Je l'avais suivie sans aucun regret pour les classiques en noir et blanc de la Nouvelle Vague. La salle était immense et comble, et remplie d'éclats de rire. Cela me changea des espaces confinés d'art et d'essai où l'on jouait de vieux films devant des fauteuils presque vides. Ensuite nous avions dîné dans un restaurant russe de la rue Delambre. Cornichons malossol, caviar et vodka : on ne s'était rien refusé. Camille m'apprit qu'elle s'était inscrite au barreau de Périgueux. Elle en avait sa claque de Paris et aspirait à une existence plus paisible en prise avec la nature. Je promis de lui rendre visite quand elle serait propriétaire d'un château médiéval avec donjon et pont-levis. On trinqua en riant.

— Et toi, me demanda-t-elle, que vas-tu faire ?

Je lui exposai mon projet ambitieux. Au grand soulagement de Léon Walsberg, j'avais enfin ouvert le dossier du jeune supplicié de Teruel. Les paroles de sa mère m'avaient littéralement fouetté le sang, et je me demandais pourquoi j'avais mis tout ce temps à réagir. Ou plutôt, je comprenais trop bien que ma passion dévorante pour Mayliss avait anesthésié ma conscience. En examinant le cas du jeune homme, le témoignage d'Inès Arroyo m'était revenu tel un boomerang : le supplice du garrot, les vertèbres qui se brisent d'un coup sec, la tête à jamais affaissée. Et puis la voix rauque de cette femme, ses yeux rouges et sans larmes. Sa dignité.

Camille manifesta son enthousiasme quand j'avouai mon intention de saisir la Cour européenne.

— Je suis sûre que tu gagneras, fit-elle, les yeux débordants de confiance en moi.

On se quitta sur un dernier verre de vodka, laissant l'avenir ouvert entre nous, sans rien forcer, sans rien prévoir. Je partis alors d'un pas léger, la tête pleine de rhétorique et de bribes de plaidoirie en faveur du jeune supplicié, sentant bouillonner en moi des fourmillements d'impatience, le besoin d'agir qui vient après une trop longue absence. Je m'étais absenté de moi-même depuis si longtemps.

Après le pont Saint-Louis, je compris qu'il se passait quelque chose d'anormal sur l'île. Une épaisse fumée noire venait en doublure de la nuit, projetée par un foyer situé dans une petite rue, j'ignorais encore laquelle. Le quartier était bouclé par la police. Des voitures et des camions de pompiers lançaient des sirènes suraiguës dans les tympans des badauds qu'un cordon de sécurité tenait à l'écart. Je fus contraint de rebrousser chemin et poursuivis jusqu'à hauteur de l'Institut du Monde arabe. Les flammes montaient si haut, sur l'autre rive, qu'elles se projetaient contre la façade en verre du bâtiment. Par le pont de la Tournelle, je tentai de me rapprocher de chez mon père.

—Vous ne pouvez pas aller plus loin, m'avertit un policier en faction au carrefour.

— Je vais rue Budé, dis-je avec aplomb.

— Raison de plus. Un appartement est en feu là-bas.

Un frisson me tétanisa.

— Au combien ?

— Au 9, troisième étage. Les voisins ont donné l'alerte. Un incendie spectaculaire, croyez-moi, précisa le policier. Heureusement qu'il y a une caserne de pompiers à Cardinal-Lemoine. C'est plein de bois, ces vieux immeubles, alors vous pensez si le feu s'en donne à cœur joie.

— C'est chez moi ! criai-je.

L'homme parut me croire et ne me demanda aucun papier. Il me poussa en direction d'un fourgon garé quai d'Orléans.

—Voyez le capitaine, plus loin là-bas, le type avec une grosse moustache.

Je m'exécutai en hâte. Le capitaine était un homme massif qui devait accuser son quintal sur la balance. Il écouta mon histoire puis m'invita à le suivre. J'enfilai un blouson ignifugé de couleur noire et vissai un casque sur ma tête.

— On maîtrise le feu avec les lances, fit-il en faisant claquer ses talons sur le trottoir. Qui était chez vous ce soir ?

— Personne, répondis-je.

J'essayais de m'accrocher au réel mais il me semblait naviguer à vue dans un décor installé par mon père pour le *Fahrenheit* de Truffaut. En cet instant, une pléiade d'héroïnes devaient connaître leurs derniers feux de la rampe. Je ne discernais que le fauve des flammes, leur reflet cuivré sur les casques des pompiers, la brillance rouge de leurs camions, l'éclat chromé de la grande échelle posée contre une façade voisine du 9. Le capitaine toussa longuement avant d'appeler un homme en civil. Un commissaire de police.

— C'est le monsieur du troisième, annonça le pompier.

— Personne chez vous ? demanda le policier à son tour.

— Non, personne.

—Vous habitez ici ?

— C'était chez mon père. Il est mort. Je viens de temps en temps.

L'homme eut l'air ennuyé.

—Vous êtes sûr qu'il n'y avait personne ce soir ?

— Certain.

— Qui d'autre possède la clé ?

— À ma connaissance, je suis le seul.

En réalité, je n'en savais rien. Mais à qui d'autre que moi Jean Hector aurait-il donné accès à sa tanière ?

— Suivez-moi, fit le commissaire, on étouffe ici. Nous serons mieux au café.

On trouva refuge à la terrasse du Flore en l'Île. Ce n'était pas ma place habituelle, la place de mon père. C'est pourquoi je me sentis dépaysé, étranger aux lieux et à ce qui s'y passait.

— Des témoins ont vu quelqu'un sortir de chez vous peu avant le début de l'incendie.

— Quelqu'un ?

— Une femme d'âge incertain, disons la soixantaine, les cheveux d'un rouge indéfinissable, avec un regard inquiétant. Une femme de grande taille, c'est confirmé par plusieurs personnes. Comme elle descendait l'escalier, elle a bousculé le locataire du second. Un sacré coup d'épaules, à ce qu'il paraît. Elle ne s'est pas excusée. Elle a filé vers la Seine et personne ne l'a revue.

Je n'en crus pas mes oreilles. Une femme grande, la soixantaine, le cheveu en bataille... Je n'osai proférer le moindre mot.

— Un homme prétend qu'elle criait « mon enfant, mon enfant ! », continua le commissaire. Une folle, sans aucun doute. Quelqu'un de dérangé qui a dû flanquer le feu en catimini dans un moment de crise.

Il marqua un temps d'arrêt puis demanda :

— Vous possédiez des choses de valeur ?

— Non, balbutiai-je.

Il n'insista pas. Sur la terrasse, l'air était parfaitement respirable. Il faisait bon. Je pensai au projecteur de l'ami de Léon Walsberg qui avait sûrement cramé avec toutes les photos, avec les lampes, les sachets de poussière, le Leica de mon père, son portrait du Studio Harcourt, avec ses photophores de porcelaine et ses doubles mèches, avec aussi les draps imprégnés de Jardins de Bagatelle, les épingles à cheveux de Mayliss, son pyjama de tergal. Moi, je n'avais rien laissé. C'était le moment d'arrêter tout ce cinéma. Je connaissais trop de visages d'héroïnes, trop de scènes de Truffaut, trop de plans de *César et Rosalie*, trop de films qui me racontaient une histoire étrangère à la mienne. Et je détestais les images de *Chemin-Long 67*, cette femme aux abois enfermée derrière une fenêtre grillagée dans un asile de fous, à la fin de la dernière bobine.

Le policier me tendit la main. Je la serrai d'un geste tranquille qui parut le désarçonner.

—Vous voulez que je vous fasse raccompagner ?

— Je préfère aller à pied.

— Comme vous voulez.

Je restai assis encore un instant, respirant à pleins poumons. L'air était vraiment d'une douceur exquise. Au loin irradiait le pont Marie, comme si mon père s'était mis à briller de toutes ses cendres. Je me levai puis marchai d'un bon pas car j'étais pressé de vivre.

Hommage

Les films cités dans ce roman ont été éclairés par de véritables magiciens, maîtres des ombres et des lumières, qui figurent dans les génériques sous l'appellation de « directeur de la photographie ». *Baisers de cinéma* rend ainsi un hommage d'encre et de papier à Henri Alekan, Nestor Almendros, Jean Bachelet, Bruno Barbey, Étienne Becker, Jean Boffety, Jean Bourgoin, Robert Burks, Ghislain Cloquet, Jean Collomb, Raoul Coutard, Henri Decae, Pierre Dolley, Pierre-William Glenn, Roger Hubert, Boris Kaufman, Charles Lang Jr, Pierre Lhomme, Chris Marker, Otello Martelli, René Mathelin, Jean-Michel Meurice, Franz Plane, Jean Rabier, Jean-Claude Rivière, Nicholas Roeg, Philippe Rousselot, Aldo Scavarda, Aldo Tonti, Gianni Di Venanzo, et tous les autres...

Achevé d'imprimer
sur Roto-Page
par l'Imprimerie Floch
à Mayenne, le 13 novembre 2007.
Dépôt légal : novembre 2007.
1er dépôt légal : juin 2007.
Numéro d'imprimeur : 69719.
ISBN 978-2-07-078584-1 / Imprimé en France.

157223